Ernesto Mallo

Der Tote von der Plaza Once

atb aufbau taschenbuch

Ernesto Mallo, geb. 1948 in La Plata, ist Theaterautor, Radioredakteur und Übersetzer. *Der Tote von der Plaza Once* wurde ausgezeichnet als bester Kriminalroman bei der Semana Negra in Gijón und war Finalist beim Dagger Award 2011. Im Aufbau Verlag erschien außerdem *Der barfüßige Polizist von der Calle San Martín*, der zweite Band der Krimireihe um den melancholischen Helden Lascano.

Buenos Aires zur Zeit der Militärdiktatur, Ende der 1970er Jahre. Comisario Lascano erhält einen Anruf, dass am Riachuelo zwei Leichen entdeckt wurden. Als er am Fundort eintrifft, findet er jedoch drei Tote vor: zwei, deren Gesichter durch mehrere Schüsse entstellt sind – die typische Handschrift des staatlichen Terrors –, und eine Leiche, die eine gewöhnliche Schusswunde aufweist. Schnell findet Lascano heraus, dass es sich bei dem dritten Opfer um Biterman, den gefürchteten Geldverleiher aus dem Once-Viertel handelt. Und bald ist der Comisario dem Mörder dicht auf den Fersen. Doch reichen dessen Beziehungen bis in die höchsten Kreise des Regimes, und Lascano hat viel zu verlieren: Er hat sich in die Widerstandskämpferin Eva verliebt und hält sie bei sich versteckt. Trotzdem entschließt er sich, den Fall aufzuklären – mit allen Konsequenzen.

Der Tote von der Plaza Once bildet den Auftakt zu einer mehrbändigen Buenos-Aires-Krimiserie mit Comisario Lascano, in der sich unterschiedliche Epochen der argentinischen Geschichte spiegeln und die einen tiefen Einblick in die politischen Realitäten des Landes gewährt.

Ernesto Mallo

Der Tote von der Plaza Once

Comisario Lascano ermittelt

Roman

Aus dem argentinischen Spanisch
von Matthias Strobel

atb aufbau taschenbuch

Die Originalausgabe mit dem Titel
La Aguja en el Pajar
erschien 2006 bei Planeta, Buenos Aires.

Dieses Werk wurde im Rahmen des SUR-Programms zur Förderung von Übersetzungen des Ministeriums für Auswärtige Angelegenheiten, Internationalen Handel und Kultur der Republik Argentinien verlegt.

ISBN 978-3-7466-2763-2

Aufbau Taschenbuch ist eine Marke der Aufbau Verlag GmbH & Co. KG

1. Auflage 2011

Die deutsche Erstausgabe erschien 2010 bei Aufbau,
einer Marke der Aufbau Verlag GmbH & Co. KG
Umschlaggestaltung hißmann, heilmann, Hamburg
unter Verwendung eines Motivs von plainpicture/Erickson
grafische Adaption morgen, Kai Dieterich
Druck und Binden CPI Moravia Books, Pohořelice
Printed in Czech Republic

www.aufbau-verlag.de

Morgen oder übermorgen wird die Katastrophe eintreten, wird uns in Blut tränken, wenn wir nicht schon längst Asche sind. Alle haben Angst. Auch ich; nachts schlafe ich nicht, weil das Entsetzen mich beherrscht, nichts geht mehr, uns bleibt nur die Angst … Was macht also Kommissar Bauer? Er macht seine Arbeit, versucht, ein bisschen Ordnung und Vernunft zu schaffen, wo nur Chaos und Auflösung sind. Aber ich bin nicht allein …

Ingmar Bergman, Das Schlangenei

1

Ich weiß, dass man töten muss, ja, aber wen …?
Homero Expósito, 1976

An manchen Tagen erschien Comisario Lascano die Bettkante wie ein unüberwindbarer Abgrund. Die endlose Wiederholung von Dingen, die man nicht tun wollte. Am liebsten wäre er an diesem Morgen für immer im Bett geblieben oder hätte sich in eben jenen Abgrund gestürzt. Wenn er denn real gewesen wäre. Doch das einzig Reale war der Schmerz.

Ein Schmerz, der Lascano seit dem Tod seiner Frau jeden Morgen einholte. Als Waisenkind hatte er früh erfahren, was Einsamkeit war, das schien sein Schicksal zu sein. Marisa war lediglich eine acht Jahre währende Waffenruhe gewesen, die ihm das Leben bis vor knapp einem Jahr zugestanden hatte, ein Grund, um weiterzumachen, eine kurze Erholung vom Alleinsein. Inzwischen jedoch war er wieder auf den Sandbänken der Insel gestrandet, auf der er sich seinen Spitznamen erworben hatte: El Perro, der Hund.

Schließlich wagte er den Sprung in die Leere. Unter der Dusche spülte er sich die Überreste eines Traums ab, gurgelnd verschwanden sie im Abfluss. Mechanisch zog er sich an, schnallte sich das Pistolenhalfter mit der 9-Millimeter-Bersa-Thunder um. Dann ging er zu dem Käfig mit dem Vogel hinüber, dem einzig Lebendigen, das ihm von Marisa geblieben war, und füllte den Futternapf auf. Schließlich trat er in den öden Morgen hinaus, die Dämmerung hatte noch nicht eingesetzt. Die Luft war so feucht, dass er meinte, zu seinem Auto schwimmen zu können. Dichter Nebel umhüllte ihn und jagte mit den Lichtern und Schatten Gespenster. Entschlossen zündete er sich die erste Zigarette des Tages an.

Je näher er der Straßenecke kam, desto schärfer stachen ihre Konturen hervor: Zwei olivgrüne Bedfords der Armee, die so standen, dass sie die Kreuzung abriegelten, Soldaten mit FAL-Sturmgewehren und Maschinenpistolen, ein Linienbus mit offenen Türen. Hinter den Soldaten warteten stumm und mit erhobenen Händen die Fahrgäste darauf, abgetastet und von einem noch milchgesichtigen Leutnant mit grausamen Gesichtszügen verhört zu werden.

Lascano ging achtlos vorüber. Einer der Rekruten sah dienstbeflissen zu seinem Leutnant hinüber, er wartete offenbar auf eine Anweisung, die jedoch ausblieb. Also beschränkte der Soldat sich darauf, Lascano zu beobachten. Grimmig schaute der Kommissar zurück, der Rekrut senkte die Augen. Es dämmerte allmählich.

Lascano hatte die Garage fast erreicht, als die Militärlaster an ihm vorbeifuhren. Auf dem ersten saßen ein junger Mann und ein Mädchen in geblümtem Kleid, sie mochte etwa so alt sein wie Marisa damals, als er sie kennengelernt hatte. Flehend sah die junge Frau ihn an, ein Blick, der dem Comisario mit zweihundert Volt durch Mark und Bein fuhr, doch schon verschluckte der Nebel den Konvoi. Und plötzlich war es Tag.

Lascano betrat die dunkle Garageneinfahrt. Die Rampe erinnerte ihn an jede einzelne Zigarette, die er geraucht hatte. Während der Motor seines Ford Falcon warmlief, zündete er sich die zweite Zigarette an und griff zum Funkgerät.

»Fünfzehn an Basis. Over.«

»Wau, wau. Over.«

»So früh am Morgen schon zum Scherzen aufgelegt? Over.«

»Wenn du die ganze Nacht hier verbracht hättest, wärst du auch zum Scherzen aufgelegt, Perro. Over.«

»Was steht an? Over.«

»Du musst zum Riachuelo fahren. Over.«

»Wohin genau? Over.«

»Avenida 27 de Febrero, gegenüber vom Teich des Autodroms. Over.«

»Und weiter? Over.«

»Zwei Leichen, gleich neben dem Seitenstreifen auf der Flussseite. Over.«

»Sind die dort abgelegt worden? Over.«

»Keine Ahnung, schau's dir an. Over.«

»Schon unterwegs. Over und Ende.«

Der erste Gang krachte, es wurde jedes Mal schlimmer. Ich muss die Scheißkarre unbedingt reparieren lassen, dachte Lascano mürrisch, sonst bleibe ich demnächst noch irgendwo liegen. Das Funkgespräch hatte ihn in null Komma nichts in schlechte Laune versetzt.

Zu seiner Linken lag der Riachuelo, ein chemischer Dunst stieg von der Wasseroberfläche auf und verpestete die Luft. Lascano fuhr dennoch mit offenem Fenster weiter, als wollte er sich durch diesen Gestank bestrafen. Nach und nach klärte sich im Rhythmus der Wischblätter die verschwommene Landschaft hinter der Windschutzscheibe, und eine völlig verlassene Straße erstreckte sich vor den Augen des Kommissars. Tocktock, tocktock, tocktock – das regelmäßige Abrollen der Räder auf dem Asphalt hatte etwas von einem Zug. Lascano schweifte ab. Doch plötzlich schoss links vor ihm ein Pick-up rückwärts aus einer kleinen Weggabelung und riss ihn aus seinen Gedanken. Der Wagen hatte eine Beule in der Heckklappe, und das rechte Rücklicht war zersplittert. Statt wie vorgeschrieben rot, leuchtete es nun weiß. Lascano ging vom Gas und beobachtete, wie der Pick-up davonraste.

Der Comisario setzte den Blinker. An der Stelle, wo der Wagen eben wie aus dem Nichts aufgetaucht war, stand eine Wellblechhütte, dahinter lag ungenutztes Weideland. Lascano folgte der Spur, die der Pick-up in der feuchten Erde hinterlassen hatte. Bis ihm etwas den Weg versperrte. Abrupt zog Lascano die Handbremse und stieg aus. Da lagen sie: drei Leichen. Lascano hielt den Moment für die dritte Zigarette des Tages für gekommen. Dann trat er näher heran. Zwei der Toten waren durchnässt vom Tau, ein Mann und eine Frau in Jeans und Rollkragenpulli, beide noch sehr jung, die Gesichter von unzähligen Schüssen entstellt, die Schädel zertrümmert. Der Kommissar musste einen Brechreiz unterdrücken. Die dritte Leiche war die eines großgewachsenen, recht stämmigen Mannes um die sechzig, mit spärlichem, grauem Haar. Er trug einen schwarzen Anzug ohne Gürtel, dazu eine Krawatte, im Unterschied zu den beiden anderen war seine Kleidung trocken und sein Gesicht unversehrt. Der Tod hatte seine Züge in einem verzweifelten Schrei gefangen. Auf der Höhe des Magens malte ein großer Blutfleck eine Blume auf das himmelblaue Hemd. Neben dem Leichnam entdeckte Lascano ein Stück rotes Plastik, begutachtete es und steckte es ein. Mit der vierten Zigarette im Mundwinkel kehrte er nachdenklich zu seinem Auto zurück. Dabei stolperte er beinahe über einen Gürtel, zweifellos der des Toten, die Schnalle war zersprungen. Er rollte ihn zusammen, setzte sich ins Auto und streckte die Beine nach draußen. Dann nahm er das Mikrophon zur Hand.

»Fünfzehn an Basis. Over.«

»Bist du schon dort? Over.«

»Wie viele Tote, hast du gesagt? Over.«

»Zwei. Over.«

»Schick mir den Krankenwagen, ich lasse sie in die Viamonte schaffen. Over.«

»Geht klar. Over.«

»Ich warte hier. Over und Ende.«

Er kniff die Augen zusammen und rauchte die Zigarette zu Ende. Ein leichter Regen setzte ein. Lascano richtete sich auf, umfasste das Steuer und atmete tief durch. Dann ließ er den Motor an und setzte den Wagen bis zur Straße zurück, damit der Krankenwagen ihn sehen konnte. Er wartete. Ein Kühllaster fuhr vorbei. Unwillkürlich kam ihm in den Sinn, was Fuseli einmal gesagt hatte: »Vom Tod eines Kindes erholt man sich nie, damit muss man bis ans Ende leben.«

Fuseli wusste aus eigener Erfahrung, wovon er sprach. Damals hatte er Lascano taktvoll mitteilen wollen, dass Marisa im zweiten Monat schwanger war, als sie starb. Später hatten die beiden Freunde nie wieder das Thema tote Kinder angeschnitten. Zum einen verspürten sie keinerlei Notwendigkeit, ihre Wunden zu lecken, und wussten, dass es Narben gab, die nie ganz verheilten; zum anderen waren sie der Meinung, dass Männer im Stillen zu leiden hatten. Seit vielen Jahren kannten sie einander nun schon, aber noch nie hatten sie sich über etwas anderes als ihre Arbeit unterhalten.

Fuseli war Gerichtsmediziner, einer, der seinen Beruf mit Leidenschaft ausübte. Der kleine, untersetzte Mann mit dem schütteren Haar, das er mit Pomade nach hinten kämmte, und dem stets makellos weißen Kittel war eine überaus seriöse Erscheinung. Wenn es die Geheimnisse einer Leiche aufzudecken galt, legte er einen obsessiven, beinahe heiligen Ernst an den Tag. Fuseli sprach mit seinen Toten, und sie antworteten ihm. Kein anderer hatte ein solches Auge noch für die kleinsten Details und kein anderer die Geduld, sich mit dem Zerlegen einer Leiche die ganze Nacht um die Ohren zu schlagen. Nur ein Mal, an jenem Tag nämlich, als er von Marisas Tod erfuhr, hatte er alles stehen- und liegenlassen und Lascano zum Friedhof La Tablada begleitet.

In der Ferne blinkten die Lichter des Krankenwagens.

Der Kommissar war damals zu niedergeschlagen gewesen, um sich über Fuselis aufrichtige Anteilnahme zu wundern. Er hatte sich von ihm umarmen lassen und die wenigen, treffenden Worte des Pathologen wie Manna entgegengenommen. Seither waren sie einander Freund und Wegbegleiter, zunächst in der Verzweiflung, später auch in Zeiten glücklicherer Momente. Ohne große Worte und ohne viel Aufhebens. Was sie verband, war vor allem die eiserne Konzentration auf ihre Arbeit, beiden war sie ein tröstendes Heilmittel gegen Kummer und Schwermut. Aber auch darüber redeten sie kaum. Vielleicht drückt sich wahre Freundschaft mehr in dem aus, was man verschweigt, als in dem, was man sagt.

Als der Leichenwagen in Sicht kam, winkte Lascano ihn heran und wies ihm den Weg. Langsamen Schrittes ging er hinterher und bat die Sanitäter, die Toten fortzuschaffen. Den Dicken inspizierte er noch einmal, bevor man ihn abtransportierte. In seinen Taschen fand er jedoch nur Kleingeld und eine Visitenkarte: Sägewerk *La Fortuna* – darunter war eine Adresse in Benavídez angegeben, in der Nähe von Tigre. Nachdenklich trat er beiseite, damit die Sanitäter den Leichnam auf die Bahre hieven konnten. Dann stieg er in sein Auto und folgte dem Krankenwagen bis in den Hof der Leichenhalle. Um diese Uhrzeit waren die Straßen wie leergefegt, so dass sie schon nach wenigen Minuten ihr Ziel erreicht hatten.

Während die Sanitäter noch damit beschäftigt waren, die Toten abzuladen, ging Lascano vor in den Sezierraum, wo er seinen Freund bereits in sein Tagwerk vertieft antraf. Konzentriert betrachtete Fuseli etwas unter dem Mikroskop und bemerkte den Kommissar nicht einmal, als er direkt hinter ihm stand.

»Fuseli«, sagte Lascano und tippte dem Freund auf die

Schulter. »Heutzutage kann man es sich nicht leisten, so zerstreut zu sein. Sonst geht es dir noch wie Archimedes.«

»El Perro!« Der Pathologe wandte sich erfreut um. »Was machst du denn hier?«

In diesem Augenblick trugen die Sanitäter die Leichen vom Riachuelo herein.

»Ich habe dir ein paar Geschenke mitgebracht, damit du dich nicht langweilst.«

»Lass sehen.«

Nachdem die Träger die Toten auf den Seziertischen abgelegt hatten und wieder verschwunden waren, nahm Fuseli zuerst den Dicken in Augenschein, dann das junge Pärchen.

»Wo hast du die Polaroid?«, fragte Lascano und steckte sich eine Zigarette an.

»Liegt da drüben, auf dem Medikamentenschrank«, gab Fuseli zurück, ohne den Blick von den Leichen zu lösen.

»Ist ein Film drin?«

»Ich glaube, ja«, sagte der Gerichtsmediziner und fügte nach einer kurzen Pause hinzu: »Die beiden Jüngeren haben sie hingerichtet. Bei dem Älteren hier … Da muss etwas anderes vorgefallen sein.«

Lascano trat neben den Freund und starrte auf den aufgebahrten Toten. »Das scheint mir auch so.«

Fuseli rückte den Kopf des Toten in Position, der Kommissar fotografierte. Summend warf die Kamera ein Foto aus. Lascano fächelte sich damit Luft zu, während er gedankenvoll auf und ab lief.

»Na, mein Junge, jetzt wollen wir doch mal schauen, welche Geheimnisse du mir preisgibst.«

Der Comisario blieb abrupt stehen. »Fuseli, du wirst immer mehr zum Spinner. Selbst ein viertklassiger Krimineller weiß, dass Tote nicht reden.«

»Was nur daran liegt, dass Kriminelle so ungebildet sind.

Die Toten reden mit denjenigen, die zuhören können. Es gibt schließlich auch Leute, die mit ihren Pflanzen sprechen.«

»He, funktioniert dieses Ding überhaupt? Da ist immer noch nichts zu sehen.«

»Dann probier es noch mal.«

Fuseli rückte den Kopf des Dicken abermals in Position, Lascano machte ein weiteres Foto.

»Und, was meint der Gerichtsmediziner?«

Fuseli untersuchte aufmerksam die Hände der Leiche. »Er hat sich gewehrt.«

»Glaubst du, dass sie ihn einfach nur zu den anderen beiden gelegt haben?«

»Und du, was meinst du?«

»Dass wir ihm nur ein paar Girlanden umhängen müssen, und schon sähe er aus wie ein Weihnachtsbaum …«

Fuseli runzelte die Stirn. »Bei Exekutierten ist immer der Kopf weggepustet. Der von dem Alten ist aber noch heil. Sieht man mal von den Schlägen ab. Aber ich habe den Eindruck, dass sie ihm die erst verpasst haben, als er schon hinüber war.«

Lascano betrachtete das Fotopapier. Als kehrte er aus dem Jenseits zurück, begann sich die Silhouette des Toten immer deutlicher abzuzeichnen.

»Wenn du mich fragst: Ich glaube, dass sie den hier woanders getötet haben«, fuhr Fuseli nachdenklich fort. »Komm morgen wieder, Perro, dann weiß ich mehr.«

»Okay.«

»Sag mal, könntest du mir nicht ein bisschen Kraut von deinen Freunden aus der Toxi besorgen?«

»Ziehst du dir das Zeug etwa nach wie vor rein? Ist dir das nicht peinlich: so alt und immer noch ein Hippie?«

»Klar ist mir das peinlich … Aber dann rauche ich ein Tütchen, und schon ist alles wieder gut.«

»Mal sehen, was ich tun kann«, seufzte Lascano.

»Mein Hirn wird es dir danken.« Und schon wandte sich der Gerichtsmediziner seinem Toten zu, und die Welt um ihn herum entzog sich seiner Wahrnehmung. »Also, mein Junge, wo ist die Kugel eingeschlagen? Ah, da oben, verstehe, hier kam der Tod herein und hat das Leben in die Flucht geschlagen …«

Leise schlich Lascano hinaus ins Freie. Eine leichte Brise reinigte den Himmel, schüchtern lugte eine kleine Wintersonne zwischen den Wolken hervor. Ein vielversprechender Morgen, dachte er, stieg in seinen Wagen und ließ den maroden Ort hinter sich.

2

Das Zimmer lag im Halbdunkel. Matt drang von außen das dämmrige, flackernde Licht der Straßenbeleuchtung herein und warf Amancios Schatten mal an die Decke, mal an die Wand, mal an die Bücherregale. Er stand am Fenster und trank seinen fünften Whisky. Ein Ballantine's oder ein Johnny Walker Black Label wären ihm lieber gewesen, stattdessen musste er sich mit einem Old Smuggler begnügen. Aber so lagen die Dinge eben: Er war nicht mehr der, der er einmal gewesen war, oder er hatte nicht mehr das, was er einmal gehabt hatte, was letztlich auf dasselbe hinauslief. Deshalb trank er mit Wut im Bauch.

Es war schon nach zwei Uhr morgens, Lara schlief bereits seit drei Stunden tief und fest. Umso besser, dachte Amancio, so hatte er zumindest Ruhe vor ihren ständigen Vorwürfen. Andererseits fühlte er sich beleidigt, denn er sehnte sich nach Gesellschaft, nach Verständnis, nach Unterstützung und, ja, auch nach Sex. Lara aber forderte nur. Wenn keine Gegenleistung in Aussicht stand, hatte sie nichts zu geben.

Unten auf der Straße hatten Soldaten gerade eine Sperre errichtet, ein Jeep verstellte die Kreuzung. Zu beiden Seiten der Einmündung hatten zwei Uniformierte mit Maschinengewehren Position bezogen, drei weitere waren einige Meter dahinter postiert, und noch drei andere schienen damit beauftragt, die vorbeifahrenden Autos anzuhalten. Ihre Methode war bekannt: Sie ließen die Insassen aussteigen, trennten sie voneinander, kontrollierten das Wageninnere, verlangten Dokumente und stellten unzählige Fragen. Sie waren auf der Jagd nach Widersprüchen, Waffen, Indizien – was auch immer. Der kleinste Verdacht konnte dazu führen, dass die Männer einen armen Teufel in den nicht weit entfernt geparkten Lastwagen schafften und für eine gründlichere Befragung in eines der geheimen Verhörlager brachten, die über die ganze Stadt verteilt waren.

Amancio wünschte sich, dass sie endlich jemanden verhafteten. Wie ein Zirkuszuschauer, der hofft, dass der Seiltänzer abstürzt, verfolgte er aufmerksam, was sich auf der nächtlichen Straße tat. Die Zeit verging, doch nichts passierte. Die Straßen waren menschenleer, die Soldaten langweilten sich, lenkten sich ab, bis ein Auto sie in Alarmbereitschaft versetzte. Sofort richteten sie ihre Gewehrläufe auf die Köpfe der Leute, spannten die Finger um den Abzug – und hatten Angst.

Die Angst ist das Brot des Soldaten.

Missmutig leerte Amancio sein Glas in einem Zug und schenkte sich gleich darauf nach. Sollte ihn dieses billige, bittere Gesöff doch ins Grab bringen.

Angetrunken ließ er seinen Blick über seine Trophäen und Jagdgemälde streifen. Er vermisste seine glorreiche Vergangenheit, als er stolz sein Gewehr präsentiert hatte, den Kolben auf den Schenkel gestützt, den Fuß auf die Hörner eines Afrikanischen Büffels. Er hatte dieses Machtgefühl geliebt, das ihm das Töten dieser großen Tiere verlieh. Neben ihm sein Freund, der Finanzminister Martinez de Hoz. Davor, in der Hocke, der Führer, ein Schwarzer, ganz Augen, ganz Zähne. Amancio war ein ausgezeichneter Schütze, es war seine herausragendste Fähigkeit, fast die einzige. Er sehnte sich zurück nach seiner Rolle als *white hunter*, nach der Zeit, als er noch Unsummen auf einer Safari durch das Okavangodelta verprassen konnte, nach dem verlorenen Glanz, denn heute schmolz sein Vermögen dahin wie Schnee in der Sonne. Er hatte nie gelernt, wie man Geld verdiente, sondern nur, wie man es ausgibt. In seiner Jugend war er ein miserabler Schüler gewesen, später ein miserabler Student, verzogen von einem unverantwortlichen Vater, der ihm das Gefühl vererbt hatte, dass ihm die Welt zu Füßen lag und dass seine Hände so wenig zum Arbeiten geschaffen waren wie die eines Mandarins.

Ferne Vorfahren hatten während der Wüstenkampagne von General Roca ein Vermögen gemacht, indem sie sich herrenlose Ländereien unter den Nagel gerissen hatten. Damals wie heute hatte die Militärjunta die Parole ausgegeben: Wer das Gute verteidigen will, muss die Güter verteidigen – die tausend abgeschlachteten Indios pro Tag schienen Amancio kein übertriebener Preis für drei oder vier Generationen vermögender Familien. Sein Großvater gehörte zu jenen Argentiniern, die nicht nur mit einer eigenen Kuh an Bord nach Europa gereist waren, damit die Kinder unterwegs immer frische Milch hatten, sondern auch mit ihrer heimlichen Geliebten, damit sie des Nachts die Aufgaben erfüllte, welche die patrizische Gattin als unter ihrer Würde erachtete.

Amancio hatte eine Kindheit voller Überfluss genossen, Sommeraufenthalte in dem kleinen Dörfchen Rauch: zehntausend Hektar in der besten Gegend des Landes. Den Nachfahren regnete das Geld nur so vom Himmel, und zwar in dem Maße, wie Familienmitglieder in selbigen aufstiegen. In diesen Sphären hieß leben reisen, in den Salons sehen und gesehen werden, hübsche, schmachtende Mädchen um sich scharen, sich das Maul über andere zerreißen, Armut verachten und sich über die Extravaganzen eines Beccar Varela oder eines Pereyra Iraola amüsieren.

Mit der Zeit allerdings war das Erbe zunehmend zerbröselt, der Müßiggang hatte seinen Preis, vor allem für diejenigen, die an das Teure, Feine, Importierte gewöhnt waren und denen jegliche Fähigkeit zu Verzicht und zum Mehren abhandengekommen war. Von all der Fülle war Amancio kaum etwas geblieben. Nur das Gut La Rencorosa mit seinen Gärten, in denen zweihundert Jahre alte Bäume und Sudangras wuchsen, dem Stall, in dem ein paar altersschwache Gäule und ein halbes Dutzend Hühner vor sich hin vegetierten, welche die Faulheit ihres Besitzers überlebt hatten, dazu ein ausrangierter Traktor. Geradezu eingezwängt auf fünf Hektar erhob sich das kühle Herrenhaus, davor eine Veranda mit Lehnstühlen und säuberlich geharkte Beete.

Notgedrungen hatte Amancio seine Ausgaben verringern müssen, doch sein prestigeträchtiger Name öffnete ihm Tür und Tor. Die Neureichen gierten regelrecht danach, sich mit Kapital in die feine Gesellschaft einzukaufen – eine Demütigung für Menschen wie Amancio. Er empfand es als einen üblen Streich des Lebens, und es erfüllte ihn mit großem Zorn, dass sein Besitz, der ihm aufgrund seiner Abstammung zustand, in die Hände dahergelaufener Parvenüs fiel. Geblieben waren ihm lediglich der gönnerhafte Tonfall des Barrio Norte, die Unverschämtheit und der Hochmut seiner Bewohner. Wer zum Reichsein geboren ist, erlebt die eigene Armut als Ungerechtigkeit.

Amancio jedenfalls glaubte, ein besseres Leben zu verdienen. Tagaus, tagein überlegte er, wie er sich aus seiner misslichen Lage befreien könnte, denn jeder neue Tag bedeutete, vor Biterman, dem Geldverleiher, zu Kreuze zu kriechen. Er musste ihn in seinem Büro im Once-Viertel aufsuchen, wo der Typ mit Millionenbeträgen nur so umsprang. Er musste sich dazu herabwürdigen, diesen Juden um einen Kredit zu bitten, musste seine Bedingungen akzeptieren und ertragen, dass der Kerl ihn mit der größten Selbstgefälligkeit seine Abhängigkeit spüren ließ. Am Vortag hatte die Bank Amancio die Erhöhung des Überziehungskredites verweigert, obwohl der Präsident niemand anderer war als Mariano Álzaga, sein Cousin und Klassenkamerad aus dem Saint Andrew's. Aktuell hatte Amancio nicht einmal genug Geld, um das Taxi zu Biterman zu bezahlen. Noch ein Glas Whisky, dann war die Flasche leer und Amancio sturzbetrunken. Unten auf der Straße hielten die Soldaten einen Fiat 1500 an und zwangen zwei junge Leute zum Aussteigen.

Lara schlief friedlich. Sie war jung und schön, die Schönste der Familie Cernadas-Bauer, deren Töchter stets den glanzvollen Mittelpunkt der gesellschaftlichen Zusammenkünfte bildeten, die in der elterlichen Villa in der vornehmen Calle Alvear stattfanden. Auch die Cernadas-Bauer waren in den Bankrott geschlittert, doch die Frauen der Familie waren nicht nur schön, sondern auch praktisch veranlagt, denn in ihrem Stammbaum hatte sich der stolze Lebenssaft der spanischen Vorfahren irgendwann mit deutschem Blut vermischt. Daher die unerbittlichen, blauen Augen, die blonden Haare und der Unternehmergeist. Laras Schwester Florencia hatte die Beziehungen der Familie genutzt und eine Immobilienfirma gegründet. Ihre Anmut und ihre theatralischen Auftritte, gepaart mit ihrer Bereitwilligkeit und ihrem guten Namen, verführten Käufer wie Verkäufer: Binnen kurzer Zeit waren die Zahlen ihrer Kunden und ihrer Courtagen in die Höhe geschossen. Nicht, dass sie wirklich reich damit wurde, aber sie verschaffte sich ein ansehnliches Auskommen – allerdings zum Preis harter Akquisitionsarbeit. Lara, die temperamentvoller, aber auch unorganisierter war, hatte sich für den kürzeren Weg entschieden. Nach mehreren Affären mit Männern und Frauen aus dem Jetset, die mit Gefälligkeiten und Geschenken belohnt worden waren, hatte sie feststellen müssen, dass sie den zweifelhaften Ruf einer Edelnutte genoss und Stoff für Klatsch und Stadtgespräche bot. Sie war umgeschwenkt und hatte eine Stelle als Privatsekretärin bei einem in der Harvard Business School ausgebildeten Manager polnischer Abstammung angenommen, der mit großem Geschick die argentinische Niederlassung von Exxon leitete. Lara verfügte über keinerlei Befähigung für diesen Job, aber der Pole zahlte ihr dennoch ein stattliches Gehalt, schließlich erfüllte sie ihm willig auch jene Bedürfnisse, für die seine Ehefrau sich nicht zuständig fühlte. Von ihrem Gehalt lebten Amancio und sie nun schon seit mehreren Monaten.

Amancio hatte Lara kennengelernt, als sie noch ein Kind war und die Geselligkeiten auf dem Landgut seiner oder ihrer Eltern oder irgendeines gemeinsamen Bekannten aufgemischt hatte. Amancio hatte stets eine gute Position vorgetäuscht und seine letzten Pesos darauf verwandt, sie zu erobern. Mit Reisen nach Europa, teurer Kleidung und Kosmetik, exklusiven Dinners und Ausflügen hatte er sich immer weiter in den Ruin getrieben. Doch bevor der Bankrott publik wurde, war Lara dem Rat ihres Chefs gefolgt: Sie heiratete in die Familie Pérez Lastra ein, um dem Tratsch, der in den feinen Kreisen von Recoleta, Palermo Chico, San Isidro und in der Altstadt die Runde machte, den Wind aus den Segeln zu nehmen. Als Amancios Ehefrau, so glaubte sie fälschlicherweise, würde sie endlich einen angesehenen Status erreichen und einen hohen Lebensstandard genießen können. Nun, da aller Glanz erloschen war und die Furchen und Risse einer verschwendeten Zeit deutlich zutage traten, suchte Lara mit wachsender Ungeduld einen akzeptablen Ausweg aus dieser unvorteilhaften Verbindung. Der Pole hatte immer größere Probleme mit seiner Frau und daher auch mit ihr. Kurzum: Das Boot hatte Schlagseite bekommen.

Leise schlich Amancio zu der Kommode, in der Lara ihre Handtasche aufbewahrte. Mit äußerster Vorsicht zog er die

Schublade auf, nahm die Tasche an sich und durchsuchte sie nach der Geldbörse. Im Halbdunkel machte er drei Zehntausend-Peso-Scheine aus. Er steckte sich einen in die Hosentasche und legte das Täschchen zurück. Geräuschlos verließ er das Schlafzimmer wieder, schenkte sich widerwillig einen Cognac ein und kehrte auf seinen Posten am Fenster zurück.

Die Militärlastwagen und die Soldaten waren verschwunden, ebenso der Fiat und seine Insassen. Still und leer lag die Straße da. Die Nacht breitete sich aus und wurde dunkler. Wer konnte, flüchtete sich in den Schlaf.

3

Ein rauer Wind kam auf. Am Himmel trieben Wolkenfetzen. Nervös lief Major Giribaldi durch den Park des Militärkrankenhauses, um seiner Unruhe Herr zu werden. Heute sollte es so weit sein, hatte man ihm versprochen. Er glaubte, dass dies der Schlüssel war, um die Probleme seiner Frau Maisabé zu lösen. Vierzig war er, doch an diesem Abend fühlte er sich wie siebzig. Ungeduldig suchte er in den unzähligen Taschen seiner Uniform nach der Zigarette, die er einem Rekruten abgenommen hatte. Er rauchte sonst nicht, aber in Fällen wie diesem rauchte man. Also rauchte er. Zwischen den Ästen der riesigen Tipubäume an der Avenida Luis María Campos lugte ein satter Mond hervor, und Giribaldi erinnerte sich, dass er einen solchen Mond schon einmal gesehen hatte, vor vier Jahren.

O du schöner Mond in Tucumán, händchenhaltend war er mit Maisabé den Fluss entlanggelaufen, hatte ihr ewige Liebe geschworen, um sie endlich ins Bett zu kriegen. Maisabés Eroberung war ein steiniger Weg gewesen, den er jeden Sonntag zwischen der Kirche und ihrem Elternhaus beschritten hatte. Nach über sechs Monaten und auf die Gefahr hin, sie zu verlieren, hatte er ihr zum ersten Mal an die Brust gefasst. Sie hatte ihn gewähren lassen, bis zu einem gewissen Punkt, ihn dann jedoch brüsk und mit fester Hand gestoppt, und ihm war sofort klar gewesen, dass die Jungfrau in ihr wieder das Zepter führte und er nicht weiterkommen würde. Maisabés katholische Überzeugungen waren stärker als die

Hitzewallungen, die er mit großem Aufwand in ihr auszulösen vermochte. Es war immer das Gleiche: Sie stöhnte, ihre Wangen glühten, ihre Brustwarzen waren hart wie Stahl, und plötzlich sagte sie: »Halt, Giri!« – was in seinen Ohren klang wie die Warnung vor einem Minenfeld. In all der Zeit war er keinen Schritt vorangekommen. Zwischen seinem Begehren und dessen Erfüllung stand immer der Altar. An jenem Abend im Mondschein am Fluss hatte er die Nase voll gehabt vom Masturbieren und von den Huren des Dorfpuffs und ihr einen Heiratsantrag gemacht. Maisabé war zu Tränen gerührt gewesen und hatte sofort ja gesagt. Daraufhin war der Major beherzter vorgegangen, seine Zärtlichkeiten waren fordernder geworden, doch kaum hatte Maisabé mit sanfter Hand flüchtig sein Geschlecht berührt, zog sie sie schon wieder zurück wie ein erschrockener Fisch. Einen kleinen Etappensieg hatte Giribaldi mit seinem Antrag erreicht, mehr nicht. Ehe sie bereit gewesen war, sich ihm endlich hinzugeben, hatte er in aller Form bei den Eltern um ihre Hand anhalten und die Einwilligung seiner Vorgesetzten einholen müssen, das weiße Kleid, die Kirche und die Hochzeitsfeier hinter sich zu bringen. Tatsächlich hatte sich seine Frau danach ohne Umschweife penetrieren lassen, eine kurze Angelegenheit. Für Giribaldi eine schnelle Erleichterung, für Maisabé die Erfüllung einer der vielen Pflichten, die sie als verheiratete Frau gegenüber Gott eingegangen war. Zweifelnd war der Bräutigam nach vollzogenem Akt über der Frage eingeschlafen, ob sich dafür die Hochzeit gelohnt hatte. Als er wieder aufgewacht war, kniete Maisabé vor dem Bett und betete. Mit autoritärer Geste hatte er ihre Hand genommen, sie zu sich gezogen und umarmt. Als es ihr gelungen war, sich ihm wieder zu entwinden, hatte sie ihn mit tieftraurigen Augen angesehen und geschwiegen. In diesem Augenblick hatte Giribaldi dieser junge Körper, der ruhig neben ihm lag, dieser Körper, den er schon so lange begehrte, plötzlich mit Rührung erfüllt. Er hatte ihn sanft zur Seite geschoben, sich weggedreht und war eingeschlafen.

Ihre erotischen Begegnungen fanden bei weitem nicht so häufig statt und waren nicht so leidenschaftlich, wie Giribaldi es sich wünschte. Nie ergriff Maisabé die Initiative, nie streichelte sie ihn freiwillig, und schon gar nicht bemühte sie sich, ihn zu verführen. Immer war er derjenige, der anfangen und sie den ganzen Weg führen musste. Irgendwann stöhnte sie kurz auf, gleich darauf ging ihr Atem jedoch wieder normal. Das war alles von ihrer Seite. Nirgends stand schließlich geschrieben, dass die Lust Teil von Gottes Plan war. Also empfand Maisabé lieber keine Lust und überließ den Höhepunkt ihrem Gatten, begleitete ihn leise und stoisch, irgendwie resigniert. Anschließend wartete sie ab, bis ihr Mann eingeschlafen war, und kniete dann nieder, um Gott mit von Schmerz zugeschnürter Brust um Verzeihung zu bitten. Giribaldi sehnte sich nach etwas, das er nie gehabt hatte, nach einer befriedigten Frau, die sich ihm voll und ganz hingab und ihn dabei ansah, sehnte sich nach Küssen, wie man sie in Kinofilmen dargeboten bekam. Doch nicht mit Maisabé. Nicht mit ihr. Und eine andere gab es nicht, nicht einmal als theoretische Möglichkeit. Giribaldi wusste nicht, wie man Frauen verführte.

Seit nunmehr einem Jahr griff er regelmäßig auf das Argument mit dem Kind zurück. Ein Kind heiligte die Verbindung zwischen Mann und Frau, denn ein Kind war der Plan Gottes. Und tatsächlich gab sich Maisabé ihm inzwischen häufiger hin, nicht aber leidenschaftlicher. Leidenschaft war etwas anderes. Trotz aller Bemühungen wurde seine Frau jedoch nicht schwanger. Sie begannen die fruchtbaren Tage auszuzählen, fragten verschiedene Ärzte um Rat – vergeblich. Maisabé war kerngesund, aber ihr Körper wollte dem

Kinderwunsch einfach nicht gehorchen, und so versank sie mit jeder Monatsblutung in tiefere Traurigkeit. Giribaldi erklärte sich sogar bereit zu einem Spermatest, auch bei ihm war alles in Ordnung. Der Arzt mutmaßte, dass das Problem woanders liegen musste. Maisabé fing an, sich schuldig zu fühlen, und für kurze Zeit sah der Major seinen Weizen blühen, da er nun öfter zum Zuge kam. Maisabé war eine opferbereite Frau, doch die allmonatliche Frustration über ihre Unfruchtbarkeit untergrub nach und nach ihren guten Willen. Schließlich bereitete sie ihren erotischen Begegnungen mit einer Mischung aus Scham und Groll ein vollständiges Ende.

Der Militärarzt, den sie ratsuchend konsultiert hatten, erläuterte dem Major in einem Vieraugengespräch mit einer Diskretion, die Giribaldis Rang entsprach, seine Erfahrung:

»Viele Frauen, die, obwohl sie alle körperlichen Voraussetzungen erfüllen, nicht schwanger werden, entschließen sich zur Adoption. Und wenn sie erst einmal ein Kind adoptiert haben, werden sie wie durch ein Wunder doch noch schwanger. So ist es oft, das schwöre ich bei meinem Leben ... Adoptieren Sie, Major, und Sie werden sehen, alles wird sich in Wohlgefallen auflösen. Nie war eine Adoption so leicht wie heute.«

Maisabé hatte ängstlich und stumm genickt, als Giribaldi ihr von der Unterredung mit dem Arzt erzählte.

Heute sollte es also so weit sein.

Vor vierzig Tagen hatte man eine Frau Anfang zwanzig aus dem geheimen Folterlager COTI-Martínez in das Militärkrankenhaus geschafft. Gnadenlos hatte man die Schwangere mit Methergin vollgepumpt und gleichgültig zugesehen, wie sie sich unter qualvollen, immer stärkeren Wehen wand. Tapfer hatte sie allen Schmerz auf sich genommen, hatte gepresst und geatmet – für ihr Baby. Doch kaum war das Kind geboren und ihre Anstrengung nicht mehr unerlässlich, hatte man der jungen Mutter eine ordentliche Dosis Thiopental verabreicht, so dass sie in einen tiefen chemischen Schlaf gesunken war.

Sie hatte gerade noch mitbekommen, dass der Arzt behauptete, das Kind müsse geimpft werden. Hatte gesehen, wie es fortgetragen wurde. Hatte tief in ihrem Inneren gewusst, dass dies das letzte Mal gewesen war. Doch sie hatte diesen Gedanken sogleich verdrängt und sich an einen Ort bringen lassen, an dem sie ihr Kind »bequemer« würde großziehen können.

All die Zeit hatte sie gegen die Gewissheit angekämpft, dass sie ihr Baby nie wiedersehen würde.

Jetzt war es so weit.

Unbeholfen hielt Giribaldi das schreiende Bündel auf dem Arm und nahm eine Tasche, knappe Anweisungen und die Adresse eines vertrauenswürdigen Kinderarztes entgegen.

Zu Hause erwartete ihn Maisabé auf Knien. Sie betete. Wie eine Trophäe legte der Major den Säugling auf dem Wohnzimmertisch ab und führte seine verängstigte Frau stolz dorthin. Als Maisabé den schlummernden kleinen Menschen erblickte, huschte ein sanftes, aber trauriges Lächeln über ihr Gesicht. In diesem Augenblick fing das Baby an zu schreien, so durchdringend, dass die Frau des Majors erschrocken zurückwich, stolperte und hinfiel.

»Es hasst mich, es weiß, dass ich nicht seine Mutter bin.«

Kaum hatte sie den Raum verlassen, hörte das Kind auf zu weinen.

4

Es gibt nichts Besseres als einen Tod zur rechten Zeit. Wenn Stars auf dem Höhepunkt ihres Schaffens sterben, wenn das Alter ihre Bewunderer noch nicht enttäuscht hat, dann existieren sie fort im kollektiven Gedächtnis der Massen, die sie zu Lebzeiten angehimmelt haben, und werden bis in alle Ewigkeit vergöttert. Wie Carlos Gardel, der bei einem Flugzeugunglück umkam. Und wie Marisa.

Sie war gestorben, als Lascano sie am meisten geliebt hatte. Ein Verkehrsunfall. Einfach, rasch, brutal, unwiderruflich. Sie hatte alles mitgenommen, allen Trost, alle Freude, alles. Anfangs war Lascano wie betäubt gewesen, er hatte das Gefühl gehabt, durch irreale Welten zu wandeln. Dann war Wut in ihm aufgewallt, eine blinde Wut gegen alle und keinen, gegen sich selbst. Und schließlich hatte er den Schmerz gespürt, der sich von Tag zu Tag wie ein Messer tiefer in seine Brust bohrte. Doch es war nie seine Art gewesen, zu resignieren, er hatte lediglich bedauert, dass er nicht religiös war, hatte sich bei dem Wunsch ertappt, an einen Gott zu glauben, den er anklagen und verfluchen konnte, während er beinahe zärtlich seinen Revolver betrachtete und sich vorstellte, wie sein Gehirn auf dem Bett verspritzt lag, in dem Marisa fehlte.

In diesem Moment hatte Fuseli beschlossen einzugreifen. Unter dem Vorwand, keine Bleibe zu haben, hatte er an Lascanos Freundschaft appelliert und ihn gebeten, für einige Zeit bei ihm wohnen zu dürfen. Zu geschwächt, um es ihm abzuschlagen, war der Kommissar in die Falle getappt, die ihm das Leben rettete.

Fuseli hatte es sich zur Aufgabe gemacht, Lascano vor sich selbst zu schützen: Mit einer Engelsgeduld begleitete er ihn vom Gipfel der Niedergeschlagenheit bis in die Niederungen des alltäglichen Lebens, das absurderweise weiterging. Und allmählich erholte sich Lascano dank der Unermüdlichkeit seines Freundes, der ihm etwas gab, an das er glauben, an dem er sich festhalten konnte.

Seit damals klammerte sich Lascano verzweifelt an die Idee von Recht und Gerechtigkeit, an das, was ihm seine Bestimmung zu sein schien: alles zu tun, damit diese Welt gerechter wurde, und sei es nur ein bisschen. Lächerlich, vielleicht, doch eine rettende Planke inmitten des Ozeans. Als Fuseli spürte, dass seine Mission erfüllt war, hatte er sich wieder in seine Einsamkeit zurückgezogen. Und Lascano in die seine.

Marisa blieb ein unauslöschlicher Stern, geliebt von der Masse eines einzigen Menschen: Lascano. Das Schicksal hatte ihnen nicht genügend Zeit gegeben, um der Gesellschaft des anderen überdrüssig zu werden, die Routine des Alltags hatte es noch nicht vermocht, die magischen Momente, die sie verbanden, zu zersetzen. Das Zusammenleben hatte ihre Liebe noch nicht rosten lassen, die Wiederholung hatte das Geheimnis zwischen ihnen noch nicht aufgelöst. Acht Jahre nach der Hochzeit, vielleicht nur wenige Augenblicke vor der unüberwindlichen Langeweile, die fast alle Ehen heimsucht, war es ihr eingefallen zu sterben.

Lascano bemerkte, wie sich seine Seele bei diesem Gedanken sträubte, von Marisas Wiederkehr phantasierte, von ihrer Auferstehung, von einem Wunder, einer zweiten Chance, davon, sie wieder an seiner Seite zu haben, Tag für Tag, bis sie ihm unerträglich wurde, bis das Alter sie ihm vergällte, bis diese Liebe ausgekostet war, bis alle Möglichkeiten, Marisa noch mehr zu lieben, ausgeschöpft waren. Sie einfach zu lieben. Sie an seiner Seite zu haben, bis es zur Gewohnheit wurde, zur toten Gewohnheit, bis seine geheimsten Eigenheiten keine Geheimnisse mehr waren, bis er ihr alles gesagt hatte, was ihm jetzt im Hals steckenblieb, bis ihre nackte Haut jeglichen Geschmack nach Neuem verloren hatte, jeden Reiz des noch zu Entdeckenden, bis er aus reiner Gewohnheit ihren Geruch nicht mehr wahrnahm, bis ihre Stimme ebenso vertraut klang wie seine eigene, bis er schon im Voraus wusste, was sie sagen würde, bis sich ein stummes Verständnis einstellte, bis sie so selbstverständlich da war wie die Luft, die ihn umgab, und er sie nicht mehr spürte. Bis sich Schuldgefühle und Gewissensbisse bemerkbar machten, weil er andere Frauen begehrte, bis sie einander so fremd wurden, dass sie im Restaurant gleichgültig schwiegen, während sie speisten, da sie sich längst nicht mehr die Frage stellten, was sie dort taten, mit diesem fremden Anderen. Bis sie diejenige sein würde, die allein am Kai zurückblieb, wenn es Abschied nehmen hieß.

Nichts von alledem würde sein, die Zukunft war aufgehoben, begraben unter einem kleinen Stein auf dem jüdischen Friedhof La Tablada, den er nie aufsuchte, weil er wusste, dass sie nicht dort war. Marisa suchte ihn in seinen endlosen Nächten auf, mal war sie schmerzhafte Gegenwart, mal glühendes Gespenst, das sich auf seinen Körper senkte. Dann regte sich jede Faser in ihm, seine Haut erinnerte sich an sie wie an eine Tätowierung, sein Geschlecht richtete sich auf, drückte ihm die Hand, bis seine Hand ihre Hand war. Im Dunkeln, in der Stille, schlief sie mit ihm und ließ ihn einsamer zurück denn je. Er verfluchte sie tausendmal deswegen, und dann wünschte er sich, er hätte sie nie gekannt. Vor Marisa war die Einsamkeit sein natürlicher Zustand gewesen, sein Lebensraum, ein Klima, in dem man lebte, ohne es bewusst wahrzunehmen. Nach ihr ... nach ihr war Lascano eingeschlafen.

Jäh schlug El Perro die Augen auf. Deutlich drang das knackende Geräusch von Schritten auf seinem Pinienholzboden an sein Ohr. Jemand schlich durch seine Wohnung. Dann – Stille. Der Kommissar stand auf, postierte sich hinter der Tür und sah den Schatten durch sein Wohnzimmer huschen. Marisa. Sie schien Dinge zu verstauen, aber die Dinge bewegten sich nicht. Sie wandte ihm den Rücken zu, trug ihr langes Winternachthemd, das ihre Körperformen jedoch nicht verbarg. Ein Pfahl rammte sich Lascano in die Brust. Marisa drehte sich um. In ihrem Blick lagen Traurigkeit, Schmerz, Abwesenheit ... Distanz. Sie würde nicht antworten, wenn er sie ansprach, das wusste er. Sie lief barfuß herum, wie immer, nein, sie tanzte. Der Comisario meinte, ein trauriges Lied zu hören. Verzweifelt schlug er sich die Hände vors Gesicht, doch Marisa blieb. Hinter ihr tauchte plötzlich ein kleines Kind auf, es hatte ihre Augen. Marisa tat, als wäre nichts weiter, als wäre sie immer noch da. Sie tat es für ihn, damit er sich nicht so einsam fühlte, so schlecht, so traurig. Doch Lascano bereiteten diese Besuche Höllenqualen, er wollte sie nicht sehen. Geh weg von mir, dachte er und kam sich vor wie in einem Bolero.

Marisa ging tatsächlich – in die Küche. Als er sie dort suchte, war sie allerdings nicht mehr da. Er hörte sie im Bad singen – *Du, der du alles mit Freude und Jugend erfüllst* – und lief hin. Nichts. Dann hantierte sie im Schlafzimmer, er folgte ihren Geräuschen durch die dunkle Wohnung. Nichts. Nirgends. Erschöpft und dem Wahnsinn nahe, warf sich Lascano auf sein Bett und flehte um eine Atempause. Und dann gehorchte sein Körper nicht mehr seinem Willen, er gab sich dem Gespenst hin, obwohl er wusste, dass er dafür teuer würde bezahlen müssen.

Als Lascano bei Fuseli ankam, war er von einer Nacht ohne Schlaf nach einem Tag voller Arbeit gezeichnet. Zu Fuselis winziger Einzimmerwohnung an der Kreuzung Agüero und Córdoba gehörte indes eine enorme Terrasse. Wortlos lehnte der Gerichtsmediziner am Geländer und wartete ab, bis sein Freund ihm verriet, was ihn hergeführt hatte.

Der Abend war klar und kühl, kein Lüftchen wehte. Müde blickte Lascano hinüber zu dem Gebäude auf der anderen Straßenseite, dem Zentrum für Geistige Gesundheit mit seinen verwahrlosten Gärten und abgeblätterten Wänden. Er stellte sich vor, dort eingeliefert zu werden.

»Fuseli, glaubst du an Gespenster?«

Der Arzt nahm sich Zeit für seine Antwort, hob den Blick und deutete nach oben.

»Was siehst du, Lascano?«

»Den Himmel.«

»Und am Himmel?«

»Sterne.«

»Du denkst, du siehst Sterne, aber du irrst dich«, wandte Fuseli ein.

»Red keinen Unsinn«, brummte der Kommissar. Nach einer Weile fügte er hinzu: »Gestern Abend hat sie mich wieder besucht.«

»Marisa?«

»Wer sonst.«

»Du hast mich gefragt, ob ich an Gespenster glaube ...«

»Und du fängst an, von den Sternen zu faseln«, unterbrach Lascano den Freund.

»Darauf will ich hinaus. Viele der Sterne, die du zu sehen glaubst, sind schon vor Millionen Jahren verschwunden.«

»Verschwunden?« Lascano zog skeptisch eine Augenbraue hoch. »Ich sehe sie doch.«

»Nein, mein Lieber, was du da siehst, ist ihr Licht.«

»Worauf willst du hinaus?«

»Ganz einfach: Ein Stern strahlt Licht ab, richtig?«

Lascano nickte geistesabwesend.

»Das Licht reist durch den Raum«, fuhr Fuseli fort. »Es kommt bei dir an, ja, aber da ist der Stern schon lange tot. Dieses Licht ist das Gespenst des toten Sterns.«

»Scheiße.« Verloren blickte Lascano auf die Bodenfugen und steckte sich eine Zigarette an.

»Jedes Wesen, allein durch die Tatsache, dass es lebt, gibt eine Strahlung ab, die in den Raum hineinleuchtet. Wie die Sterne reist diese Strahlung, vielleicht bis in alle Ewigkeit, auch dann noch, wenn derjenige, der sie abgegeben hat, gestorben ist. Marisa ist tot, aber ihre Strahlung erreicht dich immer noch. In all der Zeit, in der ihr zusammen wart, hatte sich dein Körper wie eine Antenne darauf ausgerichtet, ihre Zeichen zu empfangen. Nachts, wenn alles dunkel ist und ruhig, wenn du entspannt bist, kommen ihre Strahlen bei dir an wie das Licht der toten Sterne. Das sind die Gespenster.«

Lascano zog kräftig an seiner Zigarette. »Aber sie stellt Sachen an, sie schlüpft zu mir ins Bett …«

»Das, mein Lieber, sind Dinge, die sich in deinem Hirn abspielen. Wenn du die Signale erhältst, kehren die Erinnerungen zurück, die Phantasien, die Empfindungen, die sie in dir hervorgerufen hat. Dein Geist webt eine Erzählung darum, will deinen Gefühlen eine Gestalt geben, sucht nach einer Erklärung für das, was passiert. Wenn jemand geht, hinterlässt er eine Lücke …« Fuseli musste schlucken. »Er nährt unsere Phantasien, er ist der einzige Zeuge dafür, dass wir nicht verrückt geworden sind, dass das, was wir mit unseren Sinnen wahrnehmen, real ist. Man fragt ihn: Hast du das gesehen? Hast du das gehört?«

Eine Weile schwiegen die Freunde und starrten in die Dunkelheit. Ein Wind kam auf.

»Der Schmerz über Marisas Tod wird dich noch lange begleiten«, sagte Fuseli in die Stille hinein.

»Was soll ich tun?«, fragte Lascano mit tonloser Stimme.

»Sei geduldig mit dir. Das Schlimmste, was du tun kannst, ist, dich dagegen zu wehren. Mit der Zeit wird es leichter ... Und weißt du was? Ich habe einen erstklassigen Roten und ein Schweinekarree im Ofen. Bist du dabei?«

»Hast du dir nach der Arbeit auch die Hände gewaschen?«

»Wieso sollte ich? So ist das Karree doch viel geschmackvoller.«

5

Klebrig senkte sich die Nacht über die Stadt.

Eva war gerade dabei, auf der Terrasse die Wäsche abzunehmen, als sie Motoren und schwere Schritte hörte. Vorsichtig sah sie hinunter auf die Straße. Das Haus war umstellt von bewaffneten Männern in Uniform. An der Ecke entdeckte sie die olivgrüne Motorhaube eines Armeelastwagens. Mehr als ein Dutzend Soldaten schwärmten fächerförmig aus. Ein Panzer fuhr quer über die Straße, drückte den Zaun nieder, rollte durch den Garten, rammte die Tür ein und setzte forsch wieder zurück. Unterdessen rückte die Truppe aus allen Rohren schießend vor.

Angst schnürte Eva die Kehle zu, sie hatte nur noch einen einzigen Gedanken: Flucht. Mit pochendem Herzen stürzte sie die Treppe hinunter, die zum Hinterhof führte, war mit einem Satz auf dem Schutzdach über den Gasleitungen und kletterte über die Trennmauer in den Nachbargarten. Panisch rannte sie zur nächsten Mauer und erklomm sie, ohne sich umzublicken. Plötzlich stürzte aus dem Dunkel ein Schäferhund auf sie zu, keuchend und fluchend lief Eva weiter, gejagt von dem gefährlich seine Zähne fletschenden Köter.

Ein Lichtstrahl, eine Stimme. Verunsichert sprang der Hund zurück und knurrte in die ungewisse Dunkelheit. Geistesgegenwärtig nutzte Eva die Gunst des Augenblicks: Sie schlüpfte in die Seitentür einer Villa hinein, lief atemlos einen langen Flur entlang, bis sie wieder in einem Garten stand. Ohne zu zögern, stieg sie eine steile Leiter hinauf, über die sie auf die Dachterrasse gelangte. Wie ein Schatten drückte sie sich oben gegen die Wand und versuchte, ihren Puls zu beruhigen. Gleich einem gehetzten Tier blickte sie sich um und horchte. Schüsse peitschten durch die Nacht, unerbittlich. Vorsichtig lugte sie durch ein geöffnetes Fenster in einen großen Raum, der von einem schwachen Licht beleuchtet war. Niemand. Sie kletterte hinein. Vor einem langen Schminktisch mit Spiegeln ließ sie sich auf einen Stuhl sinken und erschrak, als sie ihr angstverzerrtes Gesicht erblickte. Tränen traten ihr in die Augen, niedergeschlagen schlug sie die Hände vor dem Gesicht zusammen und weinte.

Draußen war das Ballern allmählich verstummt. In der Ferne hallten Soldatengetrampel, Motorengeräusche und unverständliche Befehle durch die Nacht.

Erst zwei Tage zuvor war Manuel, ihr Geliebter, Freund und Genosse, in einen Hinterhalt der Armee geraten. Sie sah ihn vor sich, ihn und Silvio – und die Blutlache in einer Straße in Tigre. Sie spürte, wie der Schmerz über seinen Tod wieder Besitz von ihr ergreifen wollte. Doch in ihrem Herzen war kein Platz mehr für Manuel, ihre Liebe für ihn war gestorben, als sie sich zum letzten Mal gesehen hatten, zum letzten Mal besessen hatten, als sie es ihm gesagt und er ihr nicht zugehört hatte, weil er berauscht gewesen war von einer grausamen Entschlossenheit, die Welt zu verändern.

Eva schrak auf. Von der Treppe drangen Stimmen herauf, kamen näher. Ängstlich sah sie sich um, suchte ein Versteck, während die Stimmen lauter wurden. Wie eine Maus kroch sie unter den Schminktisch und schob einen Stuhl davor. Und nur wenige Sekunden später staksten zwei Paar Beine ins Zimmer, die Beine zweier Frauen, die sich lautstark unterhielten.

»Hast du den Tumult nebenan mitgekriegt?«

»Ich habe Schüsse gehört. Sieht so aus, als hätte die Armee ein Versteck ausgehoben.«

»Diebe?«

»Guerilleros.«

»Und? Was ist passiert?«

»Was weiß ich. Ich wollte auch nicht hingehen und fragen.«

Eine weitere Frau betrat den Raum und ließ sich seufzend auf den Stuhl fallen, hinter dem Eva Zuflucht gesucht hatte. Zitternd drückte sich Eva noch dichter an die Wand, um bloß nicht die Knie dieser Frau zu berühren. Die beiden anderen legten ihre Straßenkleidung ab, stiegen in aufreizende, mit Pailletten besetzte Kleider und schminkten sich.

»Was macht ihr eigentlich für Gesichter?«, fragte die dritte von ihrem Stuhl aus in die Runde.

»Hast du's nicht mitgekriegt?«

»Was?«

»Die lebt echt in den Wolken ... Schätzchen, nebenan haben sie ein paar Subversive aufgespürt und abgeknallt.«

»Sag bloß, wir können heute nicht auftreten. Ich muss morgen die Schule für meinen Kleinen bezahlen, sonst nehmen sie ihn nicht auf.«

»Keine Ahnung. Wir müssen auf Tony warten, mal sehen, was er sagt.«

Schritte. Eva versuchte von ihrem Versteck aus zu erkennen, wer noch hinzukam. Es war ein Mann mit langer Hose und roten Schuhen.

»Was müsst ihr mich fragen?«, ertönte eine autoritäre Stimme.

»Können wir heute arbeiten?«, erkundigte sich eine der Frauen besorgt.

»Wieso nicht?«, fragte Tony barsch zurück.

»Na ja, ich meine ja nur, wegen der Schießerei.«

»Keine Sorge, der Major, der den Einsatz angeordnet hat, ist ein Freund von mir. Und was meint ihr wohl, wer ihm den Tipp gegeben hat? Ich sage euch, der gute Tony hat überall seine Finger drin ... So, Schluss jetzt mit dem Gequatsche, an die Arbeit, es wird eine lange Nacht. Los, los.«

Tony scheuchte die Frauen wie Vieh aus dem Raum, rief ihnen etwas hinterher, das Eva nicht verstand. Kurz darauf kehrte er mit einem anderen Mann zurück.

»Mach die Tür zu. Wie ist es gelaufen?«

»Problemlos.«

»Hast du die Kohle?«

»Hier.« Der Mann reichte Tony zwei Bündel Geldscheine.

»Hast du nachgezählt?«

»Klar hab ich nachgezählt. Zwanzigtausend.«

»Ist der Alte zufrieden?«

»Als er die beiden dunkelhäutigen Mäuschen gesehen hat, lief ihm das Wasser im Mund zusammen.«

»Hat er was gesagt?«

»Nein, er hat mir das Geld gegeben und mich rausgeworfen.«

»Na gut, dann geh jetzt runter und sorg dafür, dass alles ruhig bleibt.«

»Bin schon unterwegs.«

»Hast du mit dem Militärheini gesprochen?«

»Die Bahn ist frei.«

»Mach die Tür zu.«

Als der Mann draußen war, ging Tony in die Hocke. Eva spürte, wie ihr das Herz stehenzubleiben schien, sie glaubte sich schon entdeckt, doch der Mann fühlte sich offenbar unbeobachtet und fummelte am Deckel einer Verteilerdose herum, hinter der sich eine kleine Geldkassette verbarg. Er öffnete sie und legte die beiden Geldbündel hinein, dann schob er die Kassette an ihren Platz zurück, drückte den Deckel wieder darauf und verließ den Raum. Eva war dem Ersticken nahe, sie hatte die ganze Zeit über die Luft angehalten.

Lascano überquerte die Plaza Vicente López, wo die Hausmädchen wohlhabender Familien in teuren Kittelschürzen von Casa Leonor die Hunde ihrer Herrschaft Gassi führten. Sie verdienten ein Zehntel dessen, was das preiswerteste dieser hochmütigen Tiere kostete. Aus dem Schatten des großen Gummibaumes heraus sah der Kommissar zufrieden, dass sich seine Männer schon unauffällig in Position gebracht hatten.

Er war Tony Ventura nun schon seit acht Monaten auf den Fersen. Jetzt hatte er ihn. Ruhig ging er los, rauchte, während der Rest seiner Mannschaft Posten auf der Calle Gaspar Campos bezog, wenige Meter vor der Kreuzung mit der Calle Virey Arredondo.

In der Umgebung der Plaza hatte Ventura vor einiger Zeit sein windiges Geschäft hochgezogen. Mit einem undurchsichtigen Manöver hatte er sich die Villa, vor der Lascano nun stehenblieb, unter den Nagel gerissen; eine Villa, bei der sogar die Türklopfer mit Hypotheken belastet waren und die perfekt geeignet schien für den Luxuspuff, den er aufgemacht hatte – zumindest, solange er dort nicht herausgeworfen wurde. Tony glaubte sich vor Razzien und Strafbefehlen sicher, da er sich mit mächtigen Kunden umgab. Im Hochgefühl dieser Unangreifbarkeit hatte er sein Tätigkeitsfeld immer weiter ausgedehnt und betrieb neben Drogenhandel und Pokertischen inzwischen auch das Geschäft mit minderjährigen Prostituierten. Letztere hatten den Richter Marraco endlich davon überzeugen können, den Durchsuchungsbefehl zu unterzeichnen.

Im letzten Sommer hatte Doktor Marraco seinen Urlaub mit der Familie in dem Edelbadeort Punta del Este verbracht und war unfreiwillig Zeuge geworden, wie seine dreizehnjährige Tochter Mariana am Strand ihren neuen Bikini zur Schau trug. Ihre Teenagerbrüste füllten ihn noch kaum, doch ihr Hintern hatte sich gerundet, ihre Lippen waren sinnlicher geworden, und ihre Augen schienen erfüllt vom Glanz neuer Phantasien. Seither geriet der Richter jedes Mal fast außer sich, wenn die Blicke anderer Männer, auch seiner Freunde, zu lange auf dem Körper seiner Tochter verweilten. Die Eifersucht nagte an ihm und ließ ihn nicht mehr los. Er bestand darauf, dass das Mädchen einen diskreteren Badeanzug anzog. Doch damit erreichte er nur, dass sie jede Gelegenheit wahrnahm, dem wachsamen Auge ihres Vaters zu entwischen. Eines Abends, als Marraco vom Casino in San Rafael nach Hause kam, beobachtete er durchs Fenster, wie der jüngste Sohn der Pertinettis auf dem Wohnzimmersofa an ihr herumfummelte. Die Kleine war selig gewesen, ihre Mutter Komplizin, Marraco wutentbrannt.

Tony Ventura hatte aus Asunción drei fünfzehnjährige Mädchen mitgebracht, zum Preis für zwei. Alle drei waren sie Töchter von Indiomüttern und Vätern deutscher Abstammung, so dass sie einen dunklen Teint, glattes, pechschwarzes Haar und blaue Augen hatten und gut als Thailänderinnen durchgehen konnten. In gewisser Weise setzte Tony damit die Tradition der *Zwi Migdal*-Mafia fort, die in den zwanziger und dreißiger Jahren blonde Polinnen ins Land geschmuggelt und seelenruhig als Französinnen ausgegeben hatte.

Lascano vergewisserte sich, dass er den von Marracos Eifersucht diktierten Durchsuchungsbefehl bei sich trug. In diesen Zeiten kümmerte sich kaum noch jemand um ein solches Dokument, doch Lascano wollte für den Fall vorsorgen, dass es irgendeinem hohen Tier aus der Regierung oder der Armee plötzlich einfiel, ihm auf die Füße treten zu wollen.

Ungeduldig wartete eine Gruppe uniformierter Polizisten nur wenige Meter von dem Haus entfernt, in dem sich Eva versteckt hielt, auf weitere Befehle. Lascano nickte der Mannschaft zu und wandte sich dann an den Einsatzleiter.

»Alle in Position?«

»Wir sind bereit, Kommissar. Sobald Sie den Befehl geben, schlagen wir los.«

»Wir müssen noch auf Doktor Marraco warten.«

Der Einsatzleiter sah seinen Vorgesetzten erstaunt an. Es war ungewöhnlich, dass ein Richter einer Hausdurchsuchung beiwohnte – normalerweise traten die hohen Herren erst in Erscheinung, nachdem die Polizei die Drecksarbeit erledigt hatte. Dann standen sie in der Zeitung und heimsten die Lorbeeren ein.

»Wie Sie befehlen, Kommissar«, sagte der Polizist höflich und unterwürfig. Er wusste, dass es sich ruhiger lebte, wenn man keine Nachfragen stellte.

In diesem Augenblick fuhr ein Ford Falcon vor, den ein Polizist steuerte. Auf dem Rücksitz erkannte Lascano Doktor Marraco und seinen Sekretär Arrechea. Während der Kommissar auf den Wagen zuging, ließ der Richter die Scheibe herunter.

»Guten Abend, Herr Doktor.«

»Wie geht's, Lascano? Läuft alles wie geplant?«

»Wir sind bereit. Ventura ist da, und in der Villa tut sich was.«

»Glauben Sie, dass Sie auf Widerstand stoßen werden?«

»Eher unwahrscheinlich, aber man kann ja nie wissen. Wir sind in jedem Fall gut vorbereitet. Werden Sie selbst dabei sein?«

»Ich würde für mein Leben gern Venturas Gesicht sehen, wenn wir ihm die Handschellen anlegen. Das wird ihn lehren, seine Finger von Minderjährigen zu lassen. Aber ich bin leider verhindert. Doktor Arrechea wird Sie begleiten.«

»Wie Sie wünschen.«

»Viel Erfolg, Comisario. Morgen berichten Sie mir alles.«

»Selbstverständlich, Doktor Marraco.«

Der Richter kurbelte die Scheibe wieder hoch und wies den Fahrer an, ihn auf schnellstem Wege nach Hause zu bringen, er hatte keine Ruhe, solange er seine Tochter unbeaufsichtigt wusste. Rasch entfernte sich das Auto, wurde vom Dunkel verschluckt, tauchte an den Straßenlaternen wieder auf, wurde an jeder Kreuzung kleiner, bis es schließlich ganz verschwand.

Lascano musterte Arrechea aufmerksam. Er wusste, der Sekretär würde gleich keine Freude haben, denn dem Comisario war klar, dass er mit ihm wie mit einem Schuljungen sprechen musste.

»Doktor Arrechea, wir werden folgendermaßen vorgehen: Sie bleiben hier. Wir dringen in die Villa ein und sichern sie. Wenn die Situation unter Kontrolle ist, lasse ich Sie rufen, und wir fangen mit der Durchsuchung an. Ich möchte jedes Risiko für Sie vermeiden. Einverstanden?«

»Gut.«

»Dann legen wir jetzt los. Alle zum Sturm bereit machen. Auf mein Zeichen!« Lascano blickte zur Tür, dann bedeutete er zwei Männern in schusssicheren Westen, die Tür mit einem Rammbock einzureißen.

Das Fest ist vorbei, dachte der Kommissar befriedigt und kaute auf dem Filter seiner Zigarette. Der Einsatz, den er bis ins kleinste Detail geplant hatte, verlief einwandfrei. Innerhalb weniger Minuten waren die Prostituierten und ihre Freier identifiziert, und Tony wurde ihm in Handschellen vorgeführt. Lascano konnte ein Lächeln nicht unterdrücken. Er genoss es, dem skrupellosen Tony Ventura vor seinen besten Kunden eine Niederlage beizubringen. Er nahm die Hand vor den Mund, hüstelte und wies an, dass die Verhafteten sich ankleiden dürften.

»Lassen Sie die beiden da entwischen«, raunte ihm einer seiner Männer zu.

Lascano nickte, es gab Wichtigeres zu tun.

»Deine Zeit ist abgelaufen, Ventura, das Spiel ist aus.« Der Kommissar musterte den hochgewachsenen Bordellbetreiber nachdenklich, der in der Niederlage viel kleiner wirkte. Dann tippte er ihm auf die Schulter. »Übrigens, schöner Anzug, Tony. Gibt es den auch für Männer?«

»Mach doch keinen Scheiß, Perro ...«

»Für dich immer noch Comisario Lascano.«

»Das können wir doch unter uns regeln.«

»Geregelt wird das für dich von Marraco. Du hast ja keine Ahnung, wie der ausrasten kann, wenn Minderjährige im Spiel sind. Führt ihn ab.«

Leise schloss Eva im oberen Stockwerk die Tür hinter sich und kroch zurück in ihr Versteck. Sie schlang die Arme um ihre Knie, faltete ihre Hände, als würde sie beten, was sie nicht tat, und wartete reglos ab. Plötzlich hörte sie jemanden die Treppe heraufkommen, eine Sekunde später stieß ein Mann in Uniform die Tür auf, schaute sich prüfend um und ging wieder. Eva atmete auf.

»Keiner mehr oben, Comisario«, meldete der Beamte.

»Gut, schafft die anderen allesamt ins Kommissariat.«

Arrechea hatte das Geschehen stumm und andächtig mitverfolgt, dennoch fand Lascano, dass es an der Zeit war, sich den Sekretär vom Hals zu schaffen.

»Gut, Doktor«, wandte er sich liebenswürdig an Arrechea. »Der Einsatz war ein voller Erfolg.«

»Eine wirklich saubere Aktion haben Sie da hingelegt, das muss ich schon sagen.«

»Doktor, ich schlage vor, Sie fahren jetzt nach Hause und ruhen sich bei Ihrer Familie aus. Ich kümmere mich um den Rest, und morgen schicke ich Ihnen den Bericht ins Büro.«

»Einverstanden. Dann sehen wir uns morgen.«

»Bis morgen, Doktor. Danke für alles.«

»Ich habe zu danken.«

Lascano begleitete den Sekretär lächelnd hinaus. Kaum war Arrachea verschwunden, begann El Perro mit seinen eigenen Untersuchungen. Seine Spürnase führte ihn von Zimmer zu Zimmer des luxuriös eingerichteten Hauses. Die Möbel, die Bilder, die Wandteppiche zeugten von etlichen Generationen gepflegten Reichtums, von Studienaufenthalten in Europa, von kultivierten Menschen. Langsam stieg er die prachtvolle Marmortreppe hinauf, nahm aufmerksam alles um sich herum in Augenschein.

In einem der Zimmer hielt ihn irgendetwas auf, er wusste nicht, was es war. Nachdenklich betrachtete er den Krimskrams auf dem Toilettentisch und ging ein paar Schritte auf und ab. Dabei klopfte er sich unentwegt mit einem schwarzen Notizbuch gegen das Knie, bis es ihm aus der Hand fiel. Panisch verfolgte Eva von ihrem Versteck aus jede seiner Bewegungen. Als sie sah, wie er sich bückte, um sein Büchlein aufzuheben, zuckte sie vor Schreck zusammen und stieß mit dem Fuß gegen den Stuhl. Überrascht wandte Lascano sich um und griff nach seinem Revolver. Mit einem Satz war er bei dem Toilettentisch, schob den Stuhl beiseite und entdeckte eine junge Frau, die nicht wagte, ihn anzublicken.

»Wer sind Sie?«

Langsam hob Eva den Kopf und sah dem Kommissar direkt in die Augen.

Lascano blieb das Herz stehen. Marisa … Kein Zweifel,

die ihn da anschaute, war seine verstorbene Frau. Es war ihr Gesicht. Ihr Haar. Ihre Hände. Vor allem aber ihre Augen. Ein Blick, in dem Herausforderung und Melancholie lagen. Dies war Marisa.

»Comisario, wir bringen die Verhafteten jetzt auf die Wache.« Jäh zerbrach die Stimme seines Mitarbeiters Molinari den Zauber.

»Ja, ist gut, Molinari. Ich komme nach«, rief Lascano. Kopfschüttelnd betrachtete er die junge Frau, er konnte es immer noch nicht fassen: Versteckt unter einem Schminktisch in einem Luxusbordell saß Marisa und sah ihn mit großen Augen an. Er berührte ihr Haar, um sich zu vergewissern, dass sie kein Gespenst war. Was sollte er tun? Er konnte sie nicht verhaften, genauso wenig konnte er sie laufenlassen, und er konnte auch nicht so tun, als hätte er sie nicht gesehen. Sie wollte etwas sagen, doch der Kommissar legte ihr seinen Zeigefinger auf die Lippen. Dann nahm er ihre Hand, um ihr unter dem Tisch hervorzuhelfen, und legte ihr seinen Mantel um. Gemeinsam verließen sie das Haus, ohne ein Wort zu wechseln. Draußen brüllte ihnen die Dummheit der Menschen entgegen und lechzte nach Geld.

Die junge Frau ließ sich widerstandslos zum Wagen führen. Aus dem Augenwinkel beobachtete Lascano, dass sie sich nervös umschaute. Sie hatte Angst, spielte ihre Fluchtmöglichkeiten durch. Sie wusste den Kommissar nicht einzuschätzen, diesen Mann, der ihr Vater hätte sein können, der sich eine Zigarette nach der anderen ansteckte und sie so ungewöhnlich gut behandelte.

Als Lascano in die Avenida Libertador einbog, zuckte sie zusammen. Für einen Moment musste sie gedacht haben, dass er sie in dem gefürchteten Folterzentrum ESMA abliefern wollte, doch er fuhr in die entgegengesetzte Richtung. Hier ging es zum Batallón 601 de Inteligencia, dem Sitz des militärischen Geheimdienstes. Eva stand der Schweiß auf der Stirn. Doch an der Kreuzung von Viamonte und Callao fuhr der Kommissar vorbei und bog in die Juan B. Justo. In La Paternal schließlich hielt er an und musterte seine Beifahrerin. Er konnte ihre Gedanken lesen: Ob es in diesem Viertel ein weiteres geheimes Folterzentrum gab?

Lascano stieg aus, ging ein paar Schritte, wartete auf dem Bürgersteig. Sie überlegte, ob sie flüchten sollte – aber wohin? Der Comisario seufzte und ging weiter, ohne sich umzudrehen. Verunsichert, aber neugierig und zitternd folgte sie ihm bis in seine Wohnung.

»Nehmen Sie erst mal eine heiße Dusche, die wird Ihnen guttun.« Lascano reichte der unbekannten Marisa ein Handtuch und einen Bademantel.

Während sie duschte, trat er vor den Vogelkäfig. Das Tier beäugte ihn skeptisch, bewegte nervös sein Köpfchen und piepte schließlich erleichtert, als es ihn erkannte. Lascano fühlte sich etwas schwindlig, kopfschüttelnd ging er in die Küche, um Mate zu bereiten. Mechanisch setzte er den Wasserkessel auf die Gasflamme, zündete mit einem Streichholz erst die Kochplatte und dann eine Zigarette an, wartete, bis das Wasser kurz vor dem Sieden war, und drehte die Flamme herunter. Sie erlosch mit einem leichten Knall. Er füllte eine Kalebasse mit der heißen Flüssigkeit. Die Mate-Zeremonie war für ihn ein methodisches Ritual.

Als Eva ins Wohnzimmer zurückkehrte, saß er auf dem Sofa, das einmal rot gewesen war. Er musste schlucken. Sie war noch mehr Marisa als zuvor. Schüchtern nahm sie auf einem Sessel Platz. Er reichte ihr ein Mategefäß.

»Wie heißen Sie?«

»Eva.«

»Haben Sie Hunger, Eva?«

Sie nickte stumm. Der Kommissar erhob sich. Vom Sofa

aus konnte Eva beobachten, wie er sich in der Küche zu schaffen machte. Sie verstand die Welt nicht mehr. Und noch weniger, als Lascano ihnen kurz darauf zwei dampfende Teller mit Pasta und Tomatensoße servierte und zwei Gläser mit Wein füllte.

Er begann seine Spaghetti mit der Gabel aufzurollen und forderte Eva auf, es ihm nachzutun. Zögernd stocherte sie in ihrem Essen herum, doch schon nach dem ersten Bissen tauchte sie förmlich in den Teller ein. Das schlichte, köstliche Mahl erfüllte sie mit neuem Leben, der Genuss des Weins färbte ihre Wangen rot, sie sehnte sich nach mehr von diesem Gefühl, überließ sich ganz der warmen Atmosphäre, die bis eben nur mehr eine in den Falten der trostlosen Gegenwart verborgene Erinnerung gewesen war.

Der Kommissar hatte ihr schon eine ganze Weile dabei zugesehen, wie glücklich sie sich über das einfache Gericht hermachte. Ihm kam das erste gemeinsame Kochen mit Marisa in den Sinn. Fehlte nur, dass Eva zu ihm sagte: »Mmm, das versöhnt mich mit Tomatensoße.« Und dass er ihr antwortete: »Gelernt ist gelernt.«

Normalerweise fielen ihm geistreiche Antworten erst Stunden oder Tage später ein, aber nicht so damals, als alles sich wie durch einen Zauber von selbst einstellte. Traurig lächelte Lascano in sich hinein. Eva bemerkte es, doch sie verstand es nicht. Sie spürte, dass irgendetwas in der Luft lag, doch sie konnte es nicht fassen.

Nach dem Essen stand er plötzlich auf, ging in sein Schlafzimmer und kehrte mit einer Decke zurück, die er neben sie aufs Sofa legte.

»Damit Sie nicht frieren … Schlafen Sie jetzt. Morgen sehen wir, wie es mit Ihnen weitergehen soll.«

Eva hörte, wie er leise hinter sich die Tür zum Schlafzimmer schloss. Eine Weile blieb sie reglos auf der Couch sitzen.

Sie hörte Geräusche. Dann Stille. Schließlich stand sie auf, trug das Geschirr in die Küche und spülte – irgendetwas musste sie ja tun.

In der Ferne hallte das Geknatter von Maschinengewehren wider.

Lascano fand keinen Schlaf. Immer wieder sah er Marisa vor sich, sie lächelte ihm zu, räkelte sich. Er ließ eine Hand über seinen Körper gleiten, hinunter zu seinem schlafenden Geschlecht. Er weckte es auf und flog rückwärts wie ein Kolibri, bis dorthin, wo Marisa auf ihn wartete: offen, wehrlos, hingebungsvoll, bedürftig, warm, gastfreundlich. Er bewohnte ihren schönen Leib, als wäre er sein Zuhause, gab sich der Sehnsucht nach mehr hin, ergoss sich über sich selbst, das Herz brach ihm, er weinte hemmungslos.

Und in der Ferne ratterten Maschinenpistolen.

6

Auf den Bürgersteigen im Once-Viertel, dem Zentrum der jüdischen Gemeinde von Buenos Aires, herrschte reges Treiben. Wenn man nach Ladenschluss durch die Straßen schlenderte, sah man überall Männer, Frauen und Kinder den Abfall nach verwertbaren Dingen durchstöbern, die ihnen beim nächsten Trödler ein bißchen Kleingeld zum Überleben einbringen mochten. Auch die Polizisten des siebten Kommissariats profitierten davon: Sie sicherten sich ihren Anteil an der Ausbeute, indem sie so taten, als sähen sie nichts.

Die Sprösslinge der reichen jüdischen Familien wanderten allmählich ab, nach und nach zogen sie, auch wenn sie ihre Geschäfte weiterhin an der Plaza Once betrieben, in wohlhabendere Gegenden wie das Barrio Norte oder nach Belgrano. Lediglich die Alten, die das Familienvermögen aufgebaut hatten, blieben in den baufällig gewordenen Villen zurück, die als Zeugnis eines vergangenen goldenen Zeitalters dastanden; die jüngere Generation leistete sich vom Geld der Väter eine Wohnung mit Blick über die Gärten der Avenida Libertador oder einen Urlaub im Nobelbadeort Punta del Este. Den Jungen raubte die Raffgier nicht den Schlaf, sie schickten ihre Nachkommen in englische Privatschulen, fuhren importierte Autos und genossen die Zurschaustellung ihres Reichtums. Sie waren Kinder des Wohlstands, die Entbehrungen des Krieges und das Elend der Pogrome hatten sie ebenso wenig erleben müssen wie den Horror der Konzentrationslager. Ohne Scheu und Scham lebten sie auf großem Fuß.

Natürlich gab es auch Ausnahmen, eine von ihnen war Elías Biterman.

Untätig starrte Biterman vor sich hin. Normalerweise versuchte er, solche Momente – tote Stunden – zu vermeiden. Denn sie boten offene Flanken, die sich die Kräfte der Erinnerung sofort zunutze machten.

Bilder aus einer anderen Zeit stürzten unbarmherzig über ihn herein: Er sah sich als jungen Mann in einem Gefangenenzug, eingezwängt zwischen Hunderten seiner Landsleute und bewacht von SS-Soldaten mit Maschinengewehren, auf der Fahrt durchs Land mit dem Ziel Oświęcim, das die Nazis Auschwitz getauft hatten. »Arbeit macht frei« – als er das Schild über dem Tor des Konzentrationslagers las und die Gespenster erblickte, die dahinter ihr Dasein fristeten, wusste er, dass er nur eine Chance hatte: Er musste so schnell wie möglich fliehen, solange er noch über die Kraft und den Willen dazu verfügte.

Sein Vater Shlomo, Überlebender der ukrainischen Pogrome, hatte bereits lange zuvor mit wachsender Sorge die politischen Entwicklungen im Deutschland jener Jahre beobachtet. Und gegen eine hohe Summe, die in den Taschen eines Botschaftsbeamten landete, war es ihm gelungen, für sich und seine Frau argentinische Pässe zu organisieren. Bevor er Deutschland jedoch den Rücken kehrte, nahm Shlomo Kontakt zu Heinz Schultz auf, den er in den Zeiten der Depression aus bitterer Not errettet hatte. Ohne je eine Gegenleistung zu verlangen, hatte er dem armen Teufel Essen, Arbeit und Unterkunft gegeben. Bis Schultz eines Tages den Verlockungen der Nationalsozialisten erlegen war und eine Stelle als Wachmann in Auschwitz antrat.

Mit einer erklecklichen Summe Reichsmark erkaufte sich der alte Biterman den guten Willen des Aufsehers und versprach ihm noch mehr Geld, wenn er seinem Sohn zur Flucht aus dem Lager verhelfen würde.

Schultz schlug ein. Es gelang ihm, ein paar Kameraden mit der Aussicht auf einen Nebenverdienst davon zu überzeugen, ihm bei der Sache behilflich zu sein. Eines Nachts holten sie Elías unsanft aus seiner Baracke. Die anderen Häftlinge, die an derlei nächtliche Übergriffe inzwischen gewöhnt waren, bedauerten Elías' Schicksal, während sie schamerfüllt Erleichterung darüber empfanden, dass es nicht sie getroffen hatte.

Elías wurde im doppelten Boden eines Transportlasters versteckt und zu einem nahe gelegenen Wald gebracht. Dort fotografierte ihn der Fahrer zusammen mit Schultz – Schultz lächelte breit. Plötzlich aber sah Elías, dass seine vermeintlichen Helfer an ihre Pistolenhalfter griffen. Er zögerte keine Sekunde. Mit voller Wucht schlug er Schultz ins Gesicht und flüchtete hinein in den Wald, hinein in die Nacht, im Zickzack zwischen den Bäumen, die im Mündungsfeuer aufleuchteten. Er konnte nicht allen Kugeln ausweichen, eine traf ihn am Rücken und blieb in seiner Lunge stecken. Aber damals war er jung, stark und entschlossen. Also rannte er weiter, immer weiter, bis er auf einer Lichtung zusammenbrach.

Schultz benutzte das Foto, um von Shlomo den Rest der vereinbarten Summe zu kassieren, er versicherte dem Alten, dass Elías sich an einem geheimen Ort befände und auf die Ausreise wartete. Biterman verdoppelte daraufhin das ausgesetzte Geld, in dem Glauben, dass man seinem Sohn die nötige Summe zukommen lassen würde, die Vignes, der zuständige Beamte der argentinischen Botschaft, für einen Pass verlangte.

Mit dieser Hoffnung und getrieben von der Angst, denunziert zu werden, trat der alte Biterman mit seiner Frau die strapaziöse Reise nach Buenos Aires an. Drei Jahre später starb er, erschöpft von den Nachstellungen und Existenznöten, die sein Leben gezeichnet hatten. An seinem Grab trauerte seine im vierten Monat schwangere Frau.

Wie zu erwarten war, behielt Schultz das ganze Geld für sich und nutzte außerdem sein Wissen über den Botschaftsbeamten, um ihn zu erpressen. Mit Hilfe des kleinen Vermögens, das er sich auf diese Weise geschaffen hatte, baute er eine Werkstatt zur Herstellung von Küchenutensilien auf. Seine Kontakte verhalfen ihm zu Zwangsarbeitern aus den Konzentrationslagern, und schon bald gehörte seine kleine Firma zu den florierenden Unternehmen, die auch die Front belieferten. Als er den süßlichen Geruch nach verbranntem Fleisch, der den Schornsteinen in Auschwitz entstieg, nicht mehr ertrug, kaufte er sich ein ärztliches Attest und wurde aus dem aktiven Dienst entlassen.

Doch zeit seines Lebens begleitete Schultz jener Geruch, er wurde ihn erst los, als er am 28. Mai 1969 beschloss, allem ein Ende zu machen: Er steckte sich den Lauf seiner Walther PPK zwischen die Zähne und drückte ab. Seine Söhne traten das Erbe an und erwiesen sich als geschäftstüchtige Industrielle, denen sehr am Qualitätsstandard ihrer in die ganze Welt exportierten Produkte gelegen war.

Elías wiederum fiel auf seiner Flucht vor den Nazi-Schergen einer Gangsterbande in die Hände, die tief im Wald ihr Versteck hatte und sich als natürlicher Feind nicht nur der herrschenden Ordnung verstand, sondern überhaupt jeglicher Ordnung. Instinktiv erkannten die Gauner in jedem Flüchtling einen der Ihren. Sie retteten und versorgten Elías – allerdings nicht nur aus Treue zu ihrem ungeschriebenen Kodex. Der kräftige junge Mann erschien ihnen durchaus als potentiell nutzbringendes Mitglied der Bande.

Politik interessierte diese Wegelagerer nicht im mindesten, aber Uniformen, welcher Couleur auch immer, erregten ihre tiefe Abneigung. Und so machten sie es sich zur Aufgabe, einzelne Patrouillen der Nazis geschickt in Hinterhalte zu locken, um ihnen Waffen und Munition abzunehmen. Sie schlugen blitzschnell zu, ließen niemanden am Leben und verzeichneten selbst keine Verluste. Bis sie bei einer ihrer Aktionen von einem SS-Trupp überrascht wurden, der ihnen auf den Fersen gewesen war und keine Gnade kannte.

Elías war einer der wenigen Überlebenden, und auch diesmal gelang ihm die Flucht. Im Morgengrauen nach dem Zwischenfall erreichte er ein verschlafenes Dorf, wo sich ihm unverhofft die perfekte Tarnung offenbarte: eine Schubkarre. Damit machte er sich auf den Weg. Bei sich trug er außerdem eine Luger, die er bei einem der Übergriffe auf die Nazis ergattert hatte. Sollte er in eine ausweglose Situation geraten, würde er sie gegen sich selbst richten. Alles, nur nicht mehr ins Lager zurückkehren!

Soldaten oder Spähtrupps, denen er begegnete, hielten ihn für einen Dorfbewohner, der seinen täglichen Geschäften nachging, und beachteten ihn nicht weiter. Wenn es nötig war, nahm Elías Haltung an, hob den rechten Arm und rief »Heil Hitler!«. So schob er seinen Karren immer weiter gen Süden: durch die Tschechoslowakei, durch Ungarn und durch Österreich. In Triest stellte er ihn ab und schlich sich als blinder Passagier auf ein Schiff. Erst in Dakar flog er auf, man prügelte ihn von Bord und überließ ihn am Kai seinem Schicksal.

Alles in allem brauchte Elías fünf Jahre, bis er endlich im Hafen von Buenos Aires einlief, seine Mutter ausfindig machte, vom Tod seines Vaters und der Existenz seines Bruders Horacio erfuhr. Die langen Jahre der Einsamkeit und die ständig und überall vermutete Gefahr hatten ihn zu einem mürrischen, schweigsamen Menschen gemacht, dem es nur noch um eines ging: nie wieder in den Abgrund zu schauen.

Für Elías Biterman war die Vergangenheit eine Ansammlung von entsetzlichen Erlebnissen, die in die tiefsten Tiefen des Vergessens gehörten, die Zukunft eine wenig verlässliche Unbekannte, die es zu sichern galt, und die Gegenwart ein Schlachtfeld, auf dem das Alter erkämpft werden musste. Sparsam bis hin zur Lächerlichkeit, erschien ihm immer alles zu teuer. Wenn er Schuhe kaufen musste, feilschte er so lange um den Preis, bis die Verkäufer, mürbe geworden, ihm einen stattlichen Nachlass gewährten. Ging es hingegen um seine eigenen Einkünfte, zeigte er sich unerbittlich. Das wenige Geld, das seine Mutter Sara ihm als Startkapital in die Hand gegeben hatte, war längst verhundertfacht und garantierte den Bitermans ein auskömmliches Leben, in dem es an nichts fehlte. Bis zu ihrem Tod, dem einzigen Ereignis, das Elías je Tränen in die Augen trieb, meinte seine Mutter in ihm die Aufrichtigkeit, die visionäre Kraft und die Willensstärke ihres verstorbenen Mannes zu erkennen.

Darüber hinaus stellten Frauen im Leben von Elías Biterman ein ödes Kapitel dar. Die Kunst der Verführung oder der Galanterie war ihm fremd. Als junger Mann hatte er seine Triebe dann und wann bei einer billigen Hure befriedigt. Schon früh war jeglicher erotische Funke in ihm erloschen, was ihn eher erfreute als bekümmerte. So konnte er sich voll und ganz den Dingen widmen, die ihm wirklich wichtig waren: Wenn er Kosten senken konnte, war ihm das immer ein Grund zur Freude.

Die Schritte seines Bruders in der Diele holten Elías in die Gegenwart zurück. Horacio war das genaue Gegenteil von ihm. Wann immer eine attraktive Frau seinen Weg kreuzte, folgte er ihr. Mehrere Häuserblocks weit, bis sie entweder seine Einladung zu einem Kaffee annahm oder aber sich ein anderes Objekt der Begierde auftat. Horacio gehorchte seiner ganz eigenen Arithmetik, er glaubte die Statistik auf seiner Seite: Wenn man es bei zwanzig, dreißig, vierzig Frauen am Tag probierte, würde man ein oder zwei herumkriegen. Sein Leben bestand aus der Jagd nach Weibern – und den Konsequenzen.

Horacio war ein mittelloser Dandy mit verträumtem Blick und sehnsuchtsvollem Lächeln. Das feuerrote Haar hatte er von seiner Mutter geerbt, die stattliche Größe von seinem Vater. Das Faible für elegante Kleidung hatte er von ganz allein entwickelt. Seine Ausgaben standen in keinem Verhältnis zu seinen Einnahmen, die hereintröpfelten wie durch eine Pipette und herausströmten wie durch einen Feuerwehrschlauch. Bei Elías traute er sich nicht, aber seinen Eroberungen zog er, ohne mit der Wimper zu zucken, das Geld aus der Tasche. Dabei waren seine Tricks so billig wie seine Absichten, meistens gab er vor, ein Möbelstück für die Hochzeit anschaffen zu wollen. Sein bevorzugtes Jagdrevier war die Haupttribüne der Pferderennbahn von Palermo, wo er mit Leuten aus dem Jockey Club verkehrte und jedes Mal auf das angebliche Wunderpferd setzte, das aber immer unter den letzten einlief. In Wahrheit galt sein einziges Interesse den schönen, kühlen Blondinen der Oberschicht, bei denen er allerdings bestenfalls flüchtiges Interesse weckte. Auf der Rennbahn hatte er auch Amancio Pérez Lastra kennengelernt – die Jetsetversion seiner selbst. Die beiden schlossen sofort Freundschaft, denn auf Anhieb erkannten sie ihre Gemeinsamkeiten: Beide waren sie erpicht darauf, die soziale Kluft zu überwinden, die sie trennte, so dass der eine dem anderen sogar verzieh, wenn er ihn zum wiederholten Mal seinen »einzigen jüdischen Freund« nannte.

Um Amancios Wohlwollen zu gewinnen, überlegte Horacio, ob er ihn seinem Bruder vorstellen sollte. Amancio benötigte dringender als jeder andere Geld, und Elías verfügte, mehr als jeder andere, über Geld. Außerdem spekulierte Horacio darauf, für die Vermittlung eine saftige Provision zu bekommen. Schon immer war er der Meinung gewesen, dass er wesentlich mehr verdiente als das, was ihm das Leben bescherte, vor allem viel mehr als das, was Elías ihm als Lohn für seine Dienste zugestand.

Elías benötigte Horacios Hilfe nicht, dass er den Bruder entlohnte, war in seinen Augen lediglich ein Zugeständnis an seine Mutter, die einzige Person auf der Welt, die ihn über ihren Tod hinaus dazu bewegen konnte, für etwas vollkommen Überflüssiges Geld auszugeben.

Fragend steckte Horacio den Kopf in die Tür. »Und?«

»Nichts«, gab Elías kühl zurück.

»Wie nichts?«

»Nichts eben, null, zero.«

»Du willst mir also nichts geben für den Kunden, den ich dir angeschleppt habe?«

»Erstens bezahle ich dich sowieso dafür, dass du praktisch gar nichts tust, zweitens ist der Kerl noch nicht mal aufgetaucht, und du willst schon eine Provision.«

»Aha, das heißt, du kannst auf meine Mitarbeit verzichten, ja?«

»Zumindest steht sie in keinem Verhältnis zu dem, was ich dir bezahle.«

»Was du mir bezahlst – dass ich nicht lache! Mit den lächerlichen Kröten komme ich nicht weit.«

»Ist das meine Schuld? Du bist ein Fass ohne Boden … Du pflegst zu viele Laster.«

»Wie viel ich wofür ausgebe, ist allein mein Problem.«

»Genau: Es ist allein dein Problem.«

»Und wenn ich mich vom Acker mache, woher nimmst du dann jemanden, dem du vertrauen kannst?«

»Zerbrich dir darüber mal nicht den Kopf, Horacio. Selbst wenn ich mich morgens rasiere, passe ich höllisch auf, denn ich vertraue nicht einmal meinem Schatten. Ich weiß, was ich tue, und kenne das Geschäft. Und dieses Geschäft hat einen einzigen Namen: Geld.«

»Elías …«

»Was?«, unterbrach der ältere Bruder ihn harsch. »Wenn du heulen willst, geh in die Synagoge.«

»Du willst mir tatsächlich für den Neuen keine Provision zahlen?«

»Erst schaue ich mir den Fisch an, dann entscheide ich, wie ich ihn kochen werde.«

»Der Kerl besitzt Ländereien als Garantie.«

»Den Part überlässt du bitte mir, davon verstehe ich mehr als du.«

»Wie du meinst. Aber vergiss nicht, wer den Fisch gefangen hat.«

»Ich vergesse nie etwas. Vor allem nicht, was du mir bereits schuldest.«

In diesem Augenblick klingelte es an der Tür.

»Das muss dein Freund sein. Geh schon, mach auf und kümmere dich um ihn. Und schließ die Tür hinter dir, er soll sich noch ein wenig gedulden … Hast du dir seine Ländereien mal angesehen?«

»Ja, gar nicht übel, wobei ihm nur das Gutshaus geblieben ist … Es müssten so fünf oder sechs Hektar sein. Alles etwas heruntergekommen, aber mit ein bisschen Geld leicht wieder auf Vordermann zu bringen. Mama wäre begeistert gewesen.«

»Ein bisschen Geld, ein bisschen Geld, für dich ist alles immer nur ein bisschen Geld. Wie heißt das Gut?«

»La Rencorosa.«

»Die Nachtragende? Was für ein Name!« Elías grinste. »Gefällt mir … Nun lass ihn endlich rein! Ich sage Bescheid, wenn ich so weit bin, ich erwarte noch einen Anruf.« Elías nahm die Zeitung vom Tisch, ein deutliches Zeichen, dass er die Unterredung als beendet betrachtete.

Kaum hatte Horacio wie ein geprügelter Hund den Raum verlassen und die Tür hinter sich geschlossen, knöpfte Elías sich die Hose auf und ging auf die kleine Toilette, die sich an sein Büro anschloss. Wie so oft plagten ihn höllische Bauchschmerzen.

Nervös trat Amancio im Treppenhaus von einem Fuß auf den anderen. Er hatte seinen besten Anzug für den Besuch bei dem berüchtigten Geldverleiher Biterman gewählt und setzte mechanisch ein Lächeln auf, als er Schritte jenseits der Tür vernahm. Was er nicht bemerkte, war, dass die Nachbarin von gegenüber ihn durch den Spion beobachtete.

»Amancio, komm rein. Wie geht's, mein Lieber?« Horacio gab sich jovial.

»Ich kann nicht klagen … Wo ist dein Bruder?«

»Er telefoniert gerade. Da man ihn angerufen hat, kann es noch einen Moment dauern. Was für ein Geizkragen! Geld, das ihm einmal in die Hände fällt, sieht die Sonne nicht wieder.«

Rasch ließ Amancio seinen Blick durch die Wohnung schweifen. Ein elendes Loch mit papierdünnen Wänden, winzig. Man musste Angst haben, sich zu stoßen, wenn man sich umdrehte. Abgenutzte Möbel, billige Vorhänge, kein Wandschmuck. Und trotzdem stank dieser Ort nach Geld.

»Warst du auf meinem Gut?«, fragte Amancio betont beiläufig.

»Ja.«

»Und, wie fandest du es?«

»Das Haus ist nicht schlecht, aber etwas heruntergekommen.«

»Ein Anstrich, ein paar Reparaturen, und es ist wie neu.«

»Schon möglich, aber meinem Bruder Geld abzuluchsen ist nicht so einfach. Warum heißt das Gut eigentlich La Rencorosa?«

»Eine Familiengeschichte. Meine Mutter hat das Anwesen von einer unverheirateten Tante geerbt, aber es hat ihr nicht gefallen, sie ist nie selbst hingefahren. Mein Vater hat sich darum gekümmert und sich dort ein Liebesnest eingerichtet. Mit einem Mädchen aus dem Dorf, die muss eine Figur gehabt haben, dass einem die Spucke wegblieb. Ein Schürzenjäger, der Mann. Genauso wie mein Großvater, mein Urgroßvater, mein Bruder und ich. So was liegt im Blut, mein Lieber. Jedenfalls hat er sie geschwängert und in dem Gutshaus untergebracht, das damals noch El Vergel hieß. El Vergel, der Ziergarten, hübsch, nicht wahr? Wie auch immer, meine Mutter hat irgendwann Wind von der Sache gekriegt, weil jemand getratscht hat. Sie hat sich daraufhin eine Flinte geschnappt, ist ins Auto gestiegen, aufs Land gefahren und hat das Mädchen gestellt. Als die Kleine aufmucken wollte, hat meine Mutter so lange mit dem Gewehrkolben auf sie eingedroschen, bis sie eine Fehlgeburt hatte. Danach hat sie sie auf die Straße gesetzt.«

»Und dein Vater, wie hat der reagiert?«

»Gar nicht. Er hat so getan, als wüsste er von nichts. Das Thema wurde bis zu seinem Tod nur einmal angeschnitten, als nämlich meine Mutter meinen Vater gezwungen hat, den Namen des Guts zu ändern. Papa hat sie gefragt, warum ausgerechnet La Rencorosa. Und sie hat geantwortet: Damit du nie vergisst, dass ich das nächste Mal dich mit dem Gewehrkolben traktieren werde, solltest du mir noch einmal so etwas antun. Papa hat den Schwanz eingezogen, und das war's ... Mensch, dein Bruder braucht aber ganz schön lange.«

»Er ist bestimmt gleich fertig ... Eine wilde Geschichte.«

»Hab ich dir eigentlich erzählt, wie mir mal ein Tagelöhner blöd gekommen ist und ich ihn ausgepeitscht habe?«

Lächelnd trat Elías ins Zimmer. »Sie sind also der berühmte Amancio. Sehr erfreut. Wie geht's?«

»Alles bestens.«

»Kommen Sie doch bitte in mein Büro.« Er bedeutete dem Gast, ihm zu folgen. »Womit kann ich Ihnen dienen?«

»Na ja, ich habe da ein kleines finanzielles Problem.«

»Und lässt sich dieses kleine Problem benennen?«

»Etwa zehn Millionen.«

»Als klein würde ich das nicht bezeichnen.«

»Mein Gut La Rencorosa dürfte als Garantie genügen, die Ländereien sind das Zehnfache dieser Summe wert.«

»Wenn Sie das sagen. Wie würden Sie das Geld zurückzahlen?«

»Per Scheck.«

»Aha. Stellen Sie mir drei Schecks über vier Millionen aus.«

»Wie?« Amancio musste schlucken. »Der Zins, den Sie da von mir verlangen, ist ja verrückt.«

»Verrückt ist jemand, der Geld ohne Bürgschaften verleiht«, gab Elías ungerührt zurück.

»Aber ich biete Ihnen Ländereien als Sicherheit.«

»Woher soll ich wissen, ob das Gut nicht schon durch

andere Schulden belastet ist? Womöglich sind Sie morgen schon bankrott, und ich kann mich in die Gläubigerschlange einreihen.«

»Ich bitte Sie, Sie haben mein Wort.«

»Und Sie meinen, dass ich Ihr Wort auf der Bank deponieren kann? Hören Sie, entweder Sie akzeptieren meine Bedingungen, oder Sie müssen sich einen anderen Kreditgeber suchen.«

Amancio schwieg. Nach einer Weile fragte er kleinlaut: »Wann kann ich das Geld bekommen?«

»Gemach, gemach. Zunächst einmal brauche ich ein paar Angaben zu Ihrer Person, dann erkundige ich mich. Und danach gehen Sie bei dem Notar Berún vorbei und unterzeichnen ein Veräußerungsverbot. Horacio wird Ihnen die Adresse geben. Vorher sollten Sie es sich aber noch einmal gut überlegen, denn ich weise Sie darauf hin, dass mit mir nicht zu spaßen ist. Wenn Sie die Vereinbarung nicht einhalten, gehe ich vor Gericht. Dann wird es Ihnen auch nichts nützen, dass Sie ein Freund meines Bruders sind, Geduld ist nämlich nicht meine Stärke.«

»Das trifft sich gut, meine ist es nämlich auch nicht.«

»Ich sehe, wir verstehen uns. Sobald Sie die notariellen Formalien erledigt haben, kommen Sie vorbei und holen das Geld ab. Zusatzkosten gehen auf Ihre Rechnung. Die Schecks lassen Sie mir gleich da.«

»Und wer garantiert mir, dass Sie sich die nicht unter den Nagel reißen und ich mit leeren Händen dastehe?«

»Niemand. Aber ich sagte Ihnen ja bereits, entweder Sie akzeptieren meine Bedingungen, oder Sie lassen es bleiben.«

Amancio kochte vor Wut, doch er hatte keine Wahl. »Auf wessen Namen?«

»Auf den des Inhabers.«

7

Durch die Fensterläden fiel das fahle Licht der Morgendämmerung. Die Stunde der Exekutierten. Seit mehreren Nächten schon kam Giribaldi seiner Aufgabe als Chef der Kommandotruppe nicht mehr nach. Er hatte sich beurlauben lassen – wegen des Kindes. Mit geballten Fäusten lag der Major auf dem Bett und schlief fest. Er hörte nicht die Sirenen, die durch die Straßen heulten, hörte nicht die scharfen Befehle und die schnellen Schritte von bewaffneten Männern. Maisabé schlief nicht. Hellwach lag sie neben Giribaldi und starrte an die Decke. Mit schmerzenden Augen, da sie fast nicht blinzelte. Die ganze Nacht hatte sie kein Auge zugetan.

Lieber Gott, ich habe dich so sehr um ein Kind angefleht, und jetzt hast du mir eines gesandt, das mich hasst. Eigentlich ist es zu klein, um zu hassen, aber ich bin trotzdem sicher, dass es mich hasst. Es muss ihm im Blut liegen. Nein, das sind keine Hirngespinste. So etwas spürt eine Mutter. Ich weiß es, und ich weiß nicht, was ich tun soll. Du hast gesehen, wie es mich angeschaut hat, als Giri es mir brachte. Mit weit aufgerissenen Augen hat es mich angeschaut. Am liebsten hätte ich ihm gesagt, dass ich nichts damit zu tun habe, dass ich es lieben werde wie seine Mutter, mehr als seine Mutter, die nicht gut auf sich aufgepasst hat, nicht gut auf das Kind aufgepasst hat, das sie in sich trug. Vater unser, der du bist im Himmel. Ich möchte es lieben. Aber es gelingt mir nicht. Es gelingt mir einfach nicht. Geheiligt werde dein Name. So klein und doch so groß, so wissend, so hellsichtig. Giri versteht das nicht, weil er ein Mann der Tat ist und nicht nachdenkt, ich hingegen denke sehr wohl nach. Er behauptet, ich denke zu viel nach. Dein Reich komme. Und wenn es sich rächen will, wenn es einmal groß ist? Es ist ein Junge, und aus einem Jungen wird einmal ein Mann, und wenn er erst ein Mann ist, wird er genauso wenig verstehen wie sein Vater, und all der Hass wird aus ihm herausbrechen. Warum? Dein Wille geschehe. Was ist dein Wille? Dass ich bis in alle Ewigkeit bezahlen muss? Wie im Himmel so auf Erden. Und dann? Wenn wir Böses getan haben, werden wir im Himmel wie auf Erden bezahlen. Dann müssen wir das Kind zurückgeben. Aber wem? Wie? Wo suchen? Unser tägliches Brot gib uns heute. Die Sünde ist erst getilgt, wenn das Gestohlene wieder zurückgegeben ist. Wir haben es gestohlen und können es niemandem zurückgeben. Gib uns heute. Ja, heute, heute, heute, während es in seiner Wiege schläft. Während ich in sein Zimmer gehe. Aber Vater unser, wenn seine Mutter tot ist, gibt es nur einen Weg, es ihr zurückzugeben: es ihr nachzuschicken. Aber wo ist sie? Diese Zweifel, diese ständigen Zweifel. Ist sie im Himmel oder in der Hölle? Wenn sie tatsächlich so böse war, wie Giri sagt, wenn sie ihr Schicksal verdient hat, dann muss sie in der Hölle sein. Aber dieses Kind hat nicht gesündigt, es ist nicht böse. Wahrscheinlich ist es nicht einmal getauft. Wenn es sterben würde, käme es in die Vorhölle, wo alle Kinder hinkommen, die nicht getauft sind. Es schläft. Zittert leicht. Aber es hasst, und wenn es hasst, kann es nicht gut sein, denn Hassen ist Sünde. Wenn ich mein Mitleid überwinde und das Kissen auf sein Gesicht drücke, kommt es an den Ort, wo seine Mutter ist, in die Hölle, dann hätten wir es zurückgegeben, und die Sünde wäre getilgt. Und führe uns nicht in Versuchung. Natürlich. Wir wurden in Versuchung geführt. Wir haben gesündigt, aber wir können uns von der Sünde befreien, zurück zur Gnade finden. Sondern erlöse uns von dem Bösen. Geh, Kind, geh zur Mutter, die in einer kargen Zelle des Satans wartet. Vergib mir, Herr, ich weiß, dass ich den Namen des Teufels nicht aussprechen darf. Mir zittert die Hand. Du sollst nicht töten. Ich weiß, dass ich es bereuen werde. So wie ich immer alles bereue. Ja, Herr. Aber es ist die Lösung. Der Tod wird mich vom Diebstahl reinwaschen und die Beichte vom Tod. Gib mir Kraft, Herr, gib sie mir heute. Nur ein Augenblick, ein leises Ersticken, und alles wird zu Ende sein.

Vorsichtig legte Maisabé das Kissen auf das Gesicht des schlafenden Kindes und hob, während sie mit aller Kraft zudrückte, den Blick zum Himmel. Plötzlich regte sich der Kleine, doch Maisabé wollte die Zuckungen, die sie ahnte, nicht spüren und schlug auf ihn ein. Das Kind wachte erschrocken auf und begann zu schreien. Wie durch einen Zauber stand Giri auf einmal im Zimmer, entsetzt packte er seine Frau an den Schultern und führte sie hinaus. Im Gehen wandte Maisabé sich noch einmal um, das Kind hatte aufgehört zu weinen und sah Maisabé an. Ernst, wie nur die Allerkleinsten schauen.

Amen.

8

Vor seiner Wohnungstür hielt Lascano einen Augenblick inne. Ob sie noch da war? Er wünschte es sich und fürchtete es zugleich. Nervös fingerte er in seiner Hosentasche nach dem Schlüssel und steckte ihn vorsichtig ins Schloss, wie ein untreuer Ehemann. Um sie nicht aufzuwecken, sagte er sich, und wusste, dass es in Wahrheit umgekehrt war: Er selbst hatte Angst aufzuwachen.

Was soll das, Perro, es ist gerade mal halb acht, schimpfte er stumm.

In der Wohnung war alles dunkel und still. Erleichtert und doch enttäuscht stellte Lascano fest, dass Eva fort und er wieder allein war. Alles würde wieder so sein wie vorher, Nacht für Nacht würde er wieder darauf warten, dass Marisas Gespenst ihn besuchte, ihn erregte, ihn vernichtete.

In diesem Augenblick ging das Licht an – da saß sie, Eva-Marisa, auf dem Sofa, so, wie er sie zurückgelassen hatte. Nur dass sie jetzt Kleidung von ihm trug, Kleidung, die ihr fünf Nummern zu groß war. Lascano stockte der Atem, er zündete sich eine Zigarette an, um seine Angst und seine Aufregung zu überspielen. Wie eine Laborratte im Käfig beobachtete Eva ihn, verfolgte jede seiner Gesten. Sie freute sich über seine Rückkehr, was Lascano jedoch nicht bemerkte, da er zu sehr damit beschäftigt war, locker zu wirken.

»Ich hoffe, du hast nichts dagegen, dass ich mir ein paar Sachen von dir geborgt habe.«

»Sie sehen aus wie eine Vogelscheuche.«

»Na ja, mehr hat dein Kleiderschrank nicht hergegeben.«

Der Kommissar deutete ein Lächeln an. »Da haben Sie wohl recht.«

»Mir war ein bisschen kalt.«

Einen Moment lang hatte Lascano das Gefühl zu schwanken. Er glaubte, verrückt zu werden, sprach er mit Marisa oder mit Eva? Wer war die Frau, die dort auf seinem Sofa saß? Er versank in einen traumähnlichen Zustand, in dem ihm die Kontrolle über das entzogen wurde, was er sagte und was er tat.

»Warten Sie ... Ich habe bestimmt etwas, das Ihnen besser stehen wird.«

Lascano verschwand in sein Schlafzimmer. Er steuerte auf den Nachttisch zu, zog eine Schublade heraus und kramte darin. Seine Bewegungen hatten etwas Mechanisches. Als er gefunden hatte, was er suchte, ging er zum Kleiderschrank hinüber, steckte den Schlüssel ins Schloss und drehte ihn um. Das Schloss hakte, schon lange hatte niemand mehr versucht, es zu öffnen. Behutsam ruckelte Lascano daran, bis es schließlich mit einem Klick nachgab – ein Geräusch, das ihm wie ein unheilvolles Urteil erschien. Er holte tief Luft, um sich auf das vorzubereiten, was jetzt kommen würde. Schwungvoll riss er die Schranktüren auf. Marisas Duft überwältigte ihn mit der Wucht eines nicht zu bremsenden Schnellzuges. Da hingen sie, all ihre Kleider und Röcke und Hosen, unberührt seit jenem Morgen, an dem sie das Haus verlassen hatte und nicht zurückgekehrt war. Lascano suchte Halt, er hatte Angst, ohnmächtig zu werden. Seit jenem Morgen hatte er nicht mehr den Mut aufgebracht, einen Blick hinter diese Schranktür zu werfen, auf die zweite Haut seiner Frau. Stets war er mit einem mulmigen Gefühl an dem Möbelstück vorbeigeschlichen, hatte es mit einer ehrerbietigen Scheu betrachtet, und nun kam er sich vor wie ein Grabschänder. Zugleich trieb ihn eine unergründliche Sehnsucht vorwärts. Das rote Kleid …

Er sah sich wieder auf dem Bett liegen und rauchen. Marisa stand unschlüssig in Unterwäsche vor dem Spiegel, wie immer wusste sie nicht, was sie anziehen sollte.

»Was meinst du? Soll ich das rote anziehen?«

»Bleib so, wie du bist, du siehst umwerfend aus.«

»Du meinst, ich soll so auf die Straße gehen?« Sie lächelte und baute sich provozierend vor ihm auf.

»Wahrscheinlich müsste ich dann eine Einheit zusammentrommeln, um die Massen wieder zu beruhigen. Also vielleicht doch besser das rote.«

Lascano hatte es geliebt, Marisa beim Ankleiden zuzusehen, immer schon von dem vorfreudigen Gedanken an den Augenblick getragen, in dem er sie wieder ausziehen durfte.

»Wie sehe ich aus?«, hörte er ihre Stimme.

Energisch rief der Kommissar sich zur Ordnung und verließ, blass wie ein Totengräber, das Zimmer mit dem roten Kleid in der Hand.

Überrascht nahm Eva das Kleid entgegen, hielt es an ihren Körper und drehte sich in einer anmutigen Pirouette vor Lascano, bevor sie ins Bad verschwand. Seufzend ließ der Kommissar sich aufs Sofa fallen.

Kurz darauf stand Eva wieder vor ihm. »Wie sehe ich aus?«

»Phantastisch«, sagte Lascano und musste schlucken. Alles in ihm begehrte auf und schien ihm zuzurufen, er solle aufstehen, zu ihr hingehen und ihr, empört über ihre Anmaßung, das Kleid vom Leib reißen. Damit er sie spüren konnte, riechen, lieben und vor allem vögeln. Entsetzt über sich selbst, bemerkte er, wie ihm die Situation zu entgleiten drohte. Das Zimmer wurde plötzlich zu einer Falle, und er konnte für nichts mehr garantieren. Keine Sekunde länger durfte er mit dieser Frau allein in diesem Raum sein.

Abrupt erhob er sich.

»Ich habe Hunger. Gehen wir etwas essen.«

Eva spürte, dass die Stimmung gekippt war. Doch Lascano ließ ihr keine Zeit, sich zu fragen, wieso dieser Mann ein solches Kleid besaß. Er stand bereits an der Tür und wartete auf sie. Hastig schlüpfte sie in ihre Schuhe und folgte ihm. Als Lascano die Wohnungstür hinter ihnen zuzog, piepte der Vogel aufgeregt in seinem Käfig – vergeblich.

Der Kommissar ging schnellen Schrittes voran. Eva hatte Mühe, ihm zu folgen. Ob er ihr zur Flucht verhelfen wollte? Zitternd vor Kälte holte sie ihn ein. Wortlos zog Lascano sein Sakko aus und legte es ihr um die Schultern. Aus dem Augenwinkel beobachtete er, wie sie sich in das Jackett schmiegte, sich in seinen Duft nach Particulares 30 hüllte, den Zigaretten, die er pausenlos rauchte.

Sie musterte ihn verstohlen von der Seite. Er war nicht gerade hochgewachsen, eine Durchschnittsstatur in einem Land von Kleinwüchsigen. Aber er hatte breite Schultern und nicht den typischen Bauchansatz so vieler Männer in seinem Alter. Auch wuchsen ihm keine Haare aus Ohren und Nase. Sein Haupthaar hatte sich gelichtet, aber nur leicht, und lediglich an den Schläfen begann es sich grau zu färben, was aber kaum auffiel. Er wirkte athletisch, was im Gegensatz zu seinen bedächtigen Bewegungen stand. Wenn er etwas dynamischer aufträte, würde man ihn sicher zehn oder fünfzehn Jahre jünger schätzen, als er tatsächlich sein musste. Auch sein aufmerksamer, forschender Blick, der nur kurz unsicher wurde, wenn er flüchtig dem ihren begegnete, hatte etwas Jugendliches. Wenn sich ihre Blicke trafen, löste er den seinen sofort, und es schien ihr, als würde er erröten. Hätte man nicht erahnen können, dass sich hinter seinem scheinbaren Phlegma ein starker, gefährlicher Charakter verbarg, hätte Eva gesagt, dass Lascano Angst vor ihr hatte.

Sie betraten ein typisches Lokal des Viertels, der Kellner begrüßte Lascano mit einer gewissen Vertrautheit und schien erstaunt, dass El Perro in Begleitung kam. Ohne Eva zu fragen, bestellte der Kommissar zweimal das Tagesgericht, dazu einen halben Liter Hauswein und Mineralwasser. Verblüfft sah Eva Lascano an. Was ging hier vor sich?

Kurz darauf wurde das Essen serviert. Lascano schlang sein Mahl wie ein gehetztes Tier hinunter, dann ließ er seinen Blick wortlos umherschweifen. Als Eva ihren Teller zur Hälfte geleert hatte, steckte er sich mit einer Entschuldigung eine Zigarette an. Es waren die einzigen Worte, die er an sie richtete, und selbst dabei vermied er es, seine Begleiterin anzusehen. Missmutig stocherte Eva in ihrem Essen herum, die Lust, diesen Mann zu verstehen, war ihr inzwischen vergangen. Kaum hatte sie den letzten Bissen verzehrt, verlangte er die Rechnung, zahlte und stand auf. An der Tür ließ er ihr den Vortritt und nutzte die Gelegenheit, sie zu betrachten. Das Kleid stand ihr wirklich phänomenal.

Die kühle Nachtluft beruhigte den Wirbel in seinem Kopf. Er gewann die Beherrschung über sich zurück und dachte amüsiert darüber nach, wie viele Mittel den Frauen doch zur Verfügung standen, um gut auszusehen. Und verführerisch. Keine Kleidung der Welt vermochte ihre Reize völlig zu verbergen, im Gegenteil, meist betonte sie sie sogar noch. Er dachte weiter, dass eine Frau sich heutzutage tatsächlich anstrengen musste, um hässlich zu sein, dass es in Wahrheit keine hässlichen Frauen gab, nur unachtsame, und dass Eva nie hässlich sein könnte, sosehr sie sich auch anstrengen mochte. Dann hatte er genug vom Denken. Wieder zündete er sich eine Zigarette an und verlangsamte seinen Schritt.

Als Eva ihn eingeholt hatte, hakte sie sich stumm unter

und schmiegte sich an ihn. Der Kommissar spürte ihre Brust an seinem Arm, sein Puls begann zu rasen, seine Sinne regten sich. Was sollte er tun, damit sie von ihm abließ? Oder damit dieser Spaziergang niemals endete? Eva summte vor sich hin und legte ihren Kopf an seine Schulter. Lascano sog ihren Duft ein, die Gier nach diesem Körper überwältigte ihn. Hilflos ballte er die Fäuste in seinen Hosentaschen, um nicht gleich über sie herzufallen. Als sie vor der Wohnungstür ankamen, löste sich Eva aus seinen Armen. Gegen die Wand gelehnt, beobachtete sie, wie er nach seinem Schlüssel suchte. In ihrem Blick lag etwas Herausforderndes, und als Lascano schließlich hinter ihr in den Flur trat, wusste sie, das er sie anstarrte, und er wusste, dass sie es wusste.

Er hörte wieder das traurige Lied, das von verlorener Liebe erzählte. Wenigstens glaubte er, es zu hören. Eva sah, wie er das Wohnzimmer durchquerte und in sein Schlafzimmer stürzte. Was sie nicht mehr sah, waren seine lautlosen Tränen. Angezogen lag er auf seinem Bett und starrte in die Dunkelheit, bis er endlich einschlief. An diesem Abend würde Marisa ihn nicht besuchen, das spürte er. Bestimmt war sie gekränkt.

Ich bin in der Wüste. Es ist Nacht. Die unermessliche Einsamkeit vermittelt das gleiche Gefühl wie die ungeheure Weite des Meeres. Die Wüste lebt, sie ist mehr als nur präsent. Sie ist alles. Sie umgibt mich, umschließt mich. Die Wüste und ich verschmelzen zu einem einzigen Tier. Sie dringt in mich ein. Ich versuche die Dunkelheit mit Blicken zu durchbohren, und dann ist die Wüste ein Spiegel, in dem alle Menschen erscheinen, die in meinem Leben eine Rolle gespielt haben. Sie sind deutlich zu erkennen. Alle erlebten Gefühle ziehen vorüber, eines nach dem anderen, ununterbrochen, während der Mond die Nacht reißt wie ein Barrakuda seine Beute.

Alchemie, Verwandlung: Ich bin die Wüste, und die Wüste ist ich. Plötzlich heule ich den Mond an. Draußen scheint hell die Sonne und schickt wütend ihre Strahlen ins Zimmer. Ich sitze da und halte mich für ein Pferd, einen Fuchs, eine Fledermaus. Ich frage mich: Wer bist du? Bist du ein Pferd, ein Fuchs, eine Maus?

Schweißgebadet erwachte Lascano aus seinem wirren Traum. Mühsam stand er auf und schlich ins Wohnzimmer, ruhig schlief Eva auf dem Sofa. Sie hatte ihr neues Kleid sorgfältig zusammengefaltet und auf einen Stuhl gelegt. Ihr schlanker Arm hing auf den Boden herab. Er ging zu ihr hin, berührte sie sanft mit der Hand. Nur um sich zu vergewissern, dass sie nicht Teil seines Traums war, der Wüste, sondern tatsächlich hier, lebendig. Sie war hier.

9

Ein Uhr. Calle Florida, Fußgängerzone. Hektik. Die galoppierende Inflation, die 1979 ausbrach und alle erfasste: Büroangestellte wie Spekulanten, selbst die Bettler waren Gefangene dieser Hektik. Wer im Besitz von Pesos war, beeilte sich, sie auszugeben, denn binnen kürzester Zeit waren sie das Papier nicht mehr wert, auf dem sie gedruckt wurden. Wer keine Pesos hatte, hatte nichts.

Es war August, und die Winterkälte raffte viele alte Menschen dahin. Auch Amancio fühlte sich am Ende: Er versank in Schulden, und die Schulden, die ihm am meisten zu schaffen machten, waren die bei Biterman. Der Jude konnte ihm jederzeit den Todesstoß versetzen und den Deckel von dem Topf nehmen, in dem seine Zukunft kochte. Amancio hatte betrügerisch viele Kredite auf das Gut La Rencorosa aufgenommen und sich vorsätzlich über die Belastungen ausgeschwiegen. Die Sache mit den Schecks war das Wasser, das ihm nun bis zum Hals stand. Alle anderen Verpflichtungen, die er unterschrieben hatte, konnten nur eingeklagt werden, was bei den langsam mahlenden Gerichtsmühlen Jahre in Anspruch nehmen und mit ein wenig Glück sogar im Sande verlaufen würde. Diese verfluchten Schecks hingegen vermochten ihn direkt ins Gefängnis zu bringen. Sollte Biterman darauf drängen, dass er Konkurs anmeldete, würde die Meute der Gläubiger sich unerbittlich auf ihn stürzen. Das wäre sein Ruin und der sichere Weg in den Knast von Devoto. Allein die Vorstellung verursachte ihm Ekel und

Angst und riss ihn jeden Morgen pünktlich um fünf Uhr aus dem Schlaf. Der Jude musste irgendwie gestoppt werden, und plötzlich kam Amancio eine geniale Idee, wie er seinen Kopf noch einmal aus der Schlinge ziehen konnte: Giribaldi.

Als Jugendlicher hatte Giri seine – neben Militärschule, dem Einsatz für die nationalistische Tacuarabewegung, den Reden des Pfarrers Meinvielle in der Buchhandlung Huemul und den Sonntagsmessen – recht spärliche Freizeit als Scrum Half im Rugbyteam von Atalaya verbracht. Amancio hatte als Quarterback in der Mannschaft mitgespielt. Über dem ein oder anderen kühlen Bier nach einem Match waren sie bald zu Freunden geworden, gemeinsam besuchten sie die Bordelle von Carapachay und Tanzbälle, wo sie rauchend und im Smoking mit ihrer jugendlichen Männlichkeit protzten.

Die Mädchen von der Jesús María, der Anunciata oder dem Mallinckrodt hatten sich damals einen Spaß daraus gemacht, ihre Klassenkameraden aufzureizen und zu entflammen, um ihnen dann die erhoffte Befriedigung zu verwehren. Frustriert verließen die Jungs daraufhin die Partys, rotteten sich auf der Straße zusammen und suchten Streit. Irgendein armer Kerl, an dem sie ihre Wut auslassen konnten, lief ihnen immer über den Weg. Giri war der natürliche Anführer der Clique gewesen. Zwar hatte ihn niemand offiziell dazu auserkoren, diese Rolle war ihm zugefallen, weil er sich als der Männlichste von allen gebärdete; doch hätte auch niemand gewagt, ihm seinen Führungsanspruch streitig zu machen. Wenn jemand aufmuckte, wies ihn Giri mit einem vernichtenden Blick in die Schranken, einem Blick, der jeden daran erinnerte, wie gnadenlos er sich seine Opfer vorknöpfte.

Inzwischen hatte Giri sich in geordnete Bahnen begeben, er war verheiratet, Offizier der argentinischen Armee, ein Mann, der sich mit Haut und Haar dem Kampf gegen das verschrieben hatte, was man vage unter dem Begriff »Subversion« zusammenfasste. Seine Heldentaten in diesem Kampf, die mit Elektroschocks erzwungenen Geständnisse und die Hinrichtung von Kommunisten, vertraute er nur Amancio an.

Vor dem Hintergrund dieser selbstherrlichen Kameradschaft würde Amancio ihn ganz nebenbei um Rat fragen, wie er mit dem Thema Biterman umgehen sollte. Er hoffte natürlich, dass Giri anbieten würde, ihm das Problem vom Hals zu schaffen, schließlich steckten Juden und Kommunisten doch unter einer Decke, und Giri hasste die Kinder Israels noch mehr als die Erben Lenins. Der Major hatte die Mittel und die Macht, Biterman für immer verschwinden zu lassen – und mit ihm Amancios größte Sorge.

Beschwingt angesichts dieser neuen Perspektive schlenderte Amancio die Florida entlang, zum Café Augustus. Die Welt gehörte wieder ihm, und er träumte davon, bei einem Kaffee den Juden von seiner Problemliste streichen zu können.

»He, mein Täubchen, bring mir einen Kaffee … Wie geht's, Giri?«

»Beschissen. Maisabé führt sich auf wie eine Verrückte. Ich weiß auch nicht, was in sie gefahren ist.«

Amancio zog eine Augenbraue hoch. »Was ist los?«

»Du weißt ja, sie wollte immer ein Kind. Und …« Giribaldi zögerte. »Mittlerweile ist klar, sie kann keines bekommen. Wir haben alles versucht. Einmal wurde sie sogar schwanger, hatte aber dann ziemlich bald eine Fehlgeburt.«

»Wolltet ihr nicht ein Kind adoptieren?«

»Richtig, und genau das ist es ja. Vor einer Woche habe ich

ihr ein Baby gebracht. Ein blondes, gesundes Kerlchen. Und sie? Kriegt einen Anfall, sieht den Kleinen an, als wäre er ein Monster. Sie hat Angst vor ihm, sagt sie und benimmt sich nur noch merkwürdig.«

»Wie denn?«

»Ich weiß nicht, sie redet ständig irgendwas von Gott und dem Teufel. Sie fragt nach den Eltern, wo sie sind. Ich verstehe das nicht. Erst liegt sie mir unentwegt in den Ohren damit, dass sie ein Kind will, und kaum hat sie eins, heult sie Tag und Nacht. Gestern habe ich sie an der Wiege des Kleinen ertappt. Das Balg hat geschrien wie am Spieß, und sie stand einfach da, wie hypnotisiert.«

»Mal ehrlich, wer versteht schon die Frauen? Man weiß nie, was sie wollen.«

»Ich musste ihr eine Ohrfeige verpassen, damit sie wieder zu sich kam. Die Frau macht mich ganz krank.«

»Das Wichtigste ist, dass du jetzt die Ruhe bewahrst. So sind die Weiber eben. Alle. Man kann es ihnen nie recht machen.«

»Ständig quatscht sie von Schuld und Sünde.«

»Ich glaube, ich habe eine Idee.«

»Hoffentlich eine gute.«

»Ich kenne jemanden in San Martín, er war mit uns auf der Schule, bis er seine wahre Berufung entdeckt hat und Priester wurde. Er heißt Roberto, sag ihm, dass ich dich geschickt habe. Ein pfiffiges Kerlchen, sehr einfühlsam. Dem kannst du alles erzählen, er wird euch gut beraten. Was Maisabé jetzt braucht, ist, dass jemand, der in ihren Augen eine Autorität ist, das Kind segnet. Dann wird sich alles in Wohlgefallen auflösen, du wirst schon sehen.«

»Meinst du?« Der Major blickte Amancio skeptisch an.

»Dafür lege ich meine Hand ins Feuer.«

»Wo finde ich diesen Pfaffen?«

»Die Adresse gebe ich dir später.«

»Vergiss es aber nicht.«

»Keine Sorge … Wo wir schon mal dabei sind, ich habe da auch noch ein Problem, das ich gern mit dir besprechen würde.«

»Schieß los.«

»Du weißt, dass ich geldmäßig seit einiger Zeit auf dem absteigenden Ast bin …«

»Du gibst aus, was du nicht hast, um Lara zufriedenzustellen.«

»Ja, und ihr ist nichts genug.«

»Red keinen Scheiß.«

»Hörst du mir zu, oder willst du mir eine Predigt halten?«

»Schon gut, erzähl weiter.«

»Ich habe mich da auf einen Juden im Once-Viertel eingelassen, und der setzt mich jetzt unter Druck.«

»Was hast du unterschrieben?«

»Schecks. Einen ganzen Haufen.«

»Hat er sie schon eingereicht?«

»Ja, die Bank hat sie nicht angenommen.«

»Und nun?«

»Er hat mir eine Frist gesetzt, innerhalb deren ich entweder zahle oder ihm das Landgut überschreibe. Ansonsten bringt er mich in den Knast.«

»Dreh den Spieß um, setz du ihn unter Druck, damit er die Papiere wieder herausrückt. Diese Juden sind doch alle Hosenscheißer. Hast du eine Waffe?«

»Ich habe die 9-Millimeter, die du mir zum Geburtstag geschenkt hast.«

»Geh zu ihm und halt ihm die Knarre an den Schädel, dann rückt er die Schecks sofort raus, wirst schon sehen.«

»Und wenn er Ärger macht?«

»Ach was, der wird keinen Ärger machen. Ich sag's dir,

diese Scheißjuden bellen, aber beißen nicht. Wenn's drauf ankommt, ziehen sie den Schwanz ein. Falls es Probleme gibt, ruf mich an, dann sehen wir weiter.«

»In Ordnung.«

»Eine Hand wäscht die andere … Vergiss nicht, mir die Adresse von dem Pfaffen zu geben. Ich will die Sache mit Maisabé in den Griff kriegen, egal wie.«

»Ich gebe sie dir durch. Aber jetzt muss ich los. Bezahlst du den Kaffee?«

»Was bleibt mir anderes übrig?«

10

Eva lag im dunklen Zimmer und fragte sich: Was will er? Jeder will irgendetwas. Sie beschloss, Lascano auf die Probe zu stellen. Entweder ich finde heraus, was er vorhat, oder ich mache mich aus dem Staub, sagte sie sich, als die Tür aufging und El Perro hereintrat. Er machte das Licht an und betrachtete sie wortlos, während er den Mantel auszog. Schön und distanziert starrte sie derweil auf einen unbestimmten Punkt an der Wand. Lascano brach schließlich das Schweigen.

»Ist irgendwas?«

»Nein.«

»Scheinbar doch.«

»Soll das ein Verhör sein?«

»Nur eine Frage.«

»Und was interessiert es dich, was mit mir ist?«

»Na ja, interessieren ist vielleicht zu viel gesagt …«

»Wenn's dich nicht interessiert, warum hältst du mich dann hier gefangen?«

»Wie bitte?«

»Immer wenn du die Wohnung verlässt, schließt du mich ein.«

»Wollen Sie raus? Wollen Sie weg?«

»Ich will wissen, was du von mir willst.«

»Hören Sie, Mädchen …«

»Ich heiße Eva.«

»Verzeihung, Eva. Ich will nichts von Ihnen.«

»Bin ich deine Privatgefangene?«

»Ich halte keine Gefangenen bei mir zu Hause.«

»Ach, nein? Wo knallst du sie dann ab?«

»Ich knalle niemanden ab, ich übergebe alle dem Richter.«

»Dass ich nicht lache, es weiß doch jeder, was die Bullen anstellen.«

»Tatsächlich? Was stellen sie denn an?«

»Als wenn du das nicht wüsstest.«

»Hören Sie, Mädchen ... Verzeihung, Eva. Ich versuche, mich an die Gesetze zu halten.«

»Was du nicht sagst. Welche Gesetze, wenn ich fragen darf?«

»Gesetze gibt es schon, es fehlt nur an Gerechtigkeit.«

»Für wen hältst du dich? Für den Lonesome Cowboy?«

»Ich halte mich für gar niemanden. Ich weiß nur, dass ich eine Arbeit zu erledigen habe, und zwar so gut wie möglich.«

»Seit wann arbeiten die Bullen denn?«

»Ich, seit ich fünfzehn bin, und Sie?«

»Ich, was?«

»Nichts.«

»Der geheimnisvolle Kommissar.«

»Was habe ich Ihnen getan, dass Sie so wütend sind?«

»Was willst du von mir?«

»Ich beschütze Sie. Fragen Sie mich nicht, warum.«

»Beschützen. Soll ich dir einen blasen? Na gut, ich blase dir einen. Willst du mich ficken? Na gut, fick mich ...«

»Ich will gar nichts.«

»Da wärst du aber der erste Bulle, der ...«

»Es reicht. Wollen Sie gehen? Die Tür ist offen.«

Eva stand auf und ging entschlossen zum Eingang.

»Entschuldigung ...«

»Entschuldigung wofür?«

»Es war mir nicht bewusst.«

»Was?«

»Dass ich Sie eingeschlossen habe. Reine Gewohnheit. Weil ich so oft die Schlüssel liegenlasse, schließe ich lieber ab.«

»Wie?«

»Wenn ich abschließe, vergesse ich die Schlüssel nicht. Ich lebe schon so lange allein.«

»Heißt das, dass ich jetzt wirklich gehen kann?«

»Tun Sie, was Sie wollen. Aber ich glaube nicht, dass Sie ohne einen Peso und ohne Papiere weit kommen werden. Draußen treiben sich überall Soldaten rum.«

»Das ist mein Problem.«

»Stimmt.«

»Gut, dann gehe ich jetzt.«

»Gehen Sie.«

Lascano sah ihr nach, wie sie hinausging, einerseits erleichtert, dass er wieder allein war, andererseits beunruhigt, weil sie fort war. Er lehnte sich gegen die Tür, die sich hinter ihr geschlossen hatte, und zündete sich eine Zigarette an.

Alles, was nicht weiblich war, barg Gefahr. Hier auf der Straße hatte Eva ein mulmiges Gefühl. Unter dem Sommerrock schlich sich die Kälte zwischen ihre Beine und ließ sie erschaudern. In der Tasche von Marisas Kleid hatte sie etwas Kleingeld entdeckt. Ein öffentliches Telefon zu finden, das funktionierte, war in diesen Zeiten fast unmöglich. Eva schaffte es, doch damit erreichte sie gar nichts. Schlimmer noch, bei Domingo meldete sich eine unbekannte Männerstimme. Eva nannte ihr Kennwort, aber der Mann reagierte nicht. Sie legte auf. Domingo war verloren oder auf der Flucht. Beim zweiten Anruf nahm niemand ab. Beim dritten antwortete eine Frauenstimme auf die Losung: »Wir sind gerade angekommen und warten auf dem Flughafen.«

»Wer spricht?«

Die Antwort hätte lauten müssen: *Wie war der Flug 505?* Niedergeschlagen hängte sie ein. Sie hatte niemanden mehr, an den sie sich hätte wenden können. Die Zelle war offensichtlich eliminiert worden. Wahrscheinlich waren die anderen gerade in einem Folterzentrum und versuchten verzweifelt, vierundzwanzig Stunden durchzuhalten, damit ihre Mitkämpfer merkten, was passiert war, und verschwinden konnten, ehe man sie endgültig verschwinden ließ. Die Militärs wussten das, die knappe Zeit trieb sie zu noch brutalerem Vorgehen an.

Es wurde immer dunkler, Regen kündigte sich an. Die Straßen waren verlassen und trostlos. Eva lief zurück, fort von der Avenida, wich in eine Seitenstraße aus, wo der dunkle Schatten der Platanen ihr größeren Schutz bot. An der Straßenecke sah sie langsam zwei Ford Falcon vorbeigleiten, vollbesetzt mit gelangweilt Ausschau haltenden Häschern, die ungeniert die Läufe ihrer Ithakas aus den Autofenstern ragen ließen. Sie waren hinter ihr her oder hinter irgendjemand anderen. Die Nacht der Jagd hatte begonnen, und sie war die Beute, unbewaffnet. Sie fühlte sich nackt. Als sie auf eine lose Steinfliese trat, spritzte ihr schmutziges Wasser zwischen die Beine. Das war ein Zeichen. Eva weinte. Sie ließ einen Häuserblock nach dem anderen hinter sich, weinte, die Kälte der Nacht biss ihr in die feuchten Wangen, alles verschwamm ihr vor den Augen, ihr Körper schrie nach Erholung. Sie hatte niemanden, zu dem sie gehen konnte, und ihr Stolz hielt sie davon ab, zu Lascano zurückzugehen. Dem vielleicht nicht besten, aber einzigen Zufluchtsort. Als ihr das klar wurde, machte sie kehrt.

Vor dem Eingang zögerte sie erneut, überlegte, ob es noch andere Möglichkeiten gab – nein, es gab keine. Plötzlich ging das Licht im Hausflur an, ein Jugendlicher trat aus dem Fahrstuhl und kam auf sie zu. Eva tat so, als müsste sie ihre Schlüssel suchen, und schon öffnete der Kerl die Tür und ließ sie herein. Im Treppenhaus schlug ihr ein köstlicher Duft nach frischgebratenen Schnitzeln mit Knoblauch und Petersilie entgegen, und es war warm. Unschlüssig fand sie sich schließlich vor Lascanos Wohnung wieder. Erst als unten im Flur plötzlich Stimmen zu vernehmen waren, klopfte sie dreimal sanft, sie wollte nicht klingeln. Ein Teil von ihr wünschte, dass Lascano sie nicht hörte, doch er stand immer noch an die andere Seite der Tür gelehnt. Er hatte in der Zwischenzeit eine Zigarette nach der anderen geraucht und dabei an sie gedacht. Das dreimalige Klopfen spürte er am ganzen Körper, noch bevor er es hörte. Er öffnete, als hätte er schon immer auf sie gewartet. Der Himmel steuerte die Spezialeffekte bei, Blitz, Donner und dicke Regentropfen, wie sie eigentlich typisch waren für einen warmen Märztag.

»Schon wieder da?«

»Verzeih mir, ich bin eine dumme Göre.«

»Muss ich widersprechen? Aber ich weiß, wie hart es da draußen auf der Straße ist.«

»Kann ich bei dir bleiben, bis ich meine Papiere habe und ein bisschen Geld?«

»Wer geht, ohne dass man ihn fortjagt, kommt wieder, ohne dass man ihn ruft.«

»Heißt das ja?«

»Unter einer Bedingung.«

»Das dachte ich mir schon.«

»Heute Abend kochen Sie.«

»Du lebst wohl gern gefährlich?«

»Kochst du so schlecht?«

»Ehrlich gesagt kann ich nicht mal ein Spiegelei braten.«

»Na gut, dann habe ich einen anderen Vorschlag: Ich zeige Ihnen, wie's geht.«

»Im Ernst?«

»Ich sterbe vor Hunger.«

»Dann lass uns doch gleich loslegen mit dem Unterricht.«

»Gut. Meine Spezialität, Nudeln mit Tomatensoße.«

»Ah, etwas ganz Neues ...«

»Genau, etwas ganz Neues. Erste Lektion: Gut kocht nur, wer mit Genuss kocht. Sonst geht es schief. Meine Großmutter hat gesagt, man muss mit Liebe kochen, was auf dasselbe hinausläuft. Liebe und Kochen haben vieles gemeinsam, Gutes wie Schlechtes.«

»Zum Beispiel?«

»Tränen. Sie werden die Zwiebel schneiden.«

»Dann muss ich also die Drecksarbeit erledigen?«

»Wie jeder Lehrling.«

»Zu Befehl, Herr Kommissar.«

»Spielen Sie nicht den Clown, schneiden Sie. Und schön fein, bitte ...«

»Zu Befehl.«

»Achtung, das ist jetzt sehr wichtig: Damit die Soße nicht zu sauer wird, muss man immer eine Prise Zucker hinzufügen.«

»Ist es so gut?«

»Perfekt. Mögen Sie Knoblauch?«

»Ich liebe Knoblauch.«

»Wunderbar. Mir sind Leute, die keinen Knoblauch mögen, suspekt.«

»Was du nicht sagst ... Du bist ein merkwürdiger Kauz.«

»Kann schon sein. Also, diese Knoblauchzehe schneiden Sie ebenfalls in hauchdünne Scheiben ... Sehen Sie diesen grünen Strang in der Mitte?«

»Den da?«

»Ja, den müssen Sie entfernen. Er ist manchmal sehr bitter ...«

Allmählich entspannten sich Lascano und Eva in der engen Küche, konzentrierten sich, kamen sich nah, rochen sich, während das Essen Gestalt annahm. Unabsichtlich, manchmal auch gewollt, streiften sie sich, eingehüllt in den Duft nach brutzelnden Zwiebeln und Knoblauchzehen. Für einen Moment war das Draußen ausgeschlossen, dankbar ließen sich der Kommissar und das Mädchen diesen Burgfrieden gefallen. Es gab Strände im Himmel, wo man dem Leben entrinnen konnte, das Unwetter war zurückgedrängt, und eine feste Paprikaschote, rot wie Blut, erlag Lascanos Messer, um das zu bereichern, was in der Pfanne fröhlich vor sich hin schmorte. Neben der Pfanne verlangte das sprudelnd kochende Wasser ungeduldig nach den Spaghetti. Die Zwiebeln brannten Eva in den Augen, und kurz verspürte sie einen Anflug von Reue. Doch ihr Bedürfnis nach einem Zuhause, nach einem Quentchen Glück überwog. Also verdrängte sie vorerst ihren Schmerz, ihre Angst, ihre Unruhe. Sie nahm die Flasche Wein, mit der Lascano die Soße gewürzt hatte, und schenkte zwei Gläser ein. Sie stießen an, wie es sich gehörte, schauten sich dabei in die Augen. Eva spürte, wie Hitze in ihr aufstieg, während Lascano ein Schauer durchlief, wie wenn sich das zitternde Männchen in das Reich der Schwarzen Witwe traut.

11

In hellsichtigen Momenten hatte Amancio das untrügliche Gefühl, dass es mit ihm immer weiter bergab ging. Doch es gab auch andere Augenblicke, in denen ihn eine Art wahnwitzige Gewissheit erfüllte, dass er sein Geschick noch einmal wenden würde. Diese Gewissheit rührte nicht etwa von irgendwelchen konkreten Versuchen her, seine finanzielle Lage zu verbessern, längst hatte er die Kontrolle über das in schwere Seenot geratene Schiff verloren. Dennoch meinte er bisweilen zu spüren, dass ein Wunder kurz bevorstand. In seinen Tagträumen sah er sich als Zeuge eines Überfalls, bei dem ihm während einer Schießerei ein toter Räuber mit einem Aktenkoffer vor die Füße fiel. Es gelang ihm irgendwie, die Polizei abzuschütteln, und wenn er das Köfferchen öffnete, fand er darin eine Million Dollar. Oder er trat in einen Fahrstuhl, zusammen mit einem Mann, der auch wieder einen Aktenkoffer trug. Natürlich waren sie allein. Plötzlich erlitt der Typ einen Anfall, einen Herzinfarkt oder etwas in der Art, und brach zusammen. Amancio vergewisserte sich, dass der andere tot war oder bewusstlos, und nahm den Attachékoffer an sich. Als er ihn später öffnete: eine Million Dollar.

Aber es war nicht der Augenblick für diese Art von Träumen, also stand er auf, zog seine Hose hoch, warf einen prüfenden Blick in den Spiegel und ging aus dem Bad, ohne die Spülung zu betätigen. Lara würde ihn dafür hassen.

Lara stand unter der Dusche und genoss das warme Wasser. Amancio betrachtete sie; er glaubte, dass sie ihn in dem dunklen Flur nicht bemerkt hätte, aber er irrte sich. Lara seifte sich hingebungsvoll zu Ende ein. Sogar mit dieser lächerlichen Badekappe war sie wunderschön. Sie hätte sich alte Lumpen anziehen können, ohne ihre Schönheit in irgendeiner Weise zu beeinträchtigen. Im Gegenteil, durch den Kontrast würde sie noch mehr hervorstechen. Sie drehte die Wasserhähne zu, nahm die Kappe ab und schüttelte kreiselnd ihr Haar. Amancio schaute ihr völlig verzaubert zu.

»Wir sind spät dran.«

»Die Party fängt sowieso erst an, wenn ich auftauche.«

»Ganz schön bescheiden, die Dame.«

»Ist doch so. Mit diesen alten Knackern aus dem Jockey Club ist sowieso nichts los. Reich mir mal den Bademantel.«

Lara ließ sich den Bademantel um die Schultern legen. Als Amancio sie aber umarmen wollte, entzog sie sich ihm auf eine so geschickte, kalkulierte Art, dass er sich einmal mehr in seiner Überzeugung bestätigt sah: Sie war ihm immer einen Schritt voraus. Wie eine Filmdiva saß sie in ihrem Schlafzimmer vor dem Spiegel und bewunderte sich, während sie sorgfältig ihr Haar bürstete. Gründe für diese Bewunderung hatte sie genug.

»Amancio, warum machst du uns nicht einen Drink?«

Eigentlich wusste sie gar nicht, ob sie Lust auf einen Drink hatte, aber auf keinen Fall wollte sie Amancios Blicke auf ihrem nackten Körper ertragen. Sie nutzte den Moment, da er beschäftigt war, und zog schnell ihre Unterwäsche an. Reizen ja, hingeben niemals, oder zumindest nicht jetzt, und dem da schon gar nicht. Als sie hörte, wie ihr Mann zurückkam und dabei das Eis in den Gläsern zum Klirren brachte, wobei er sich besonders lässig vorkam, zog sie sich bereits das schwarze Kleid an, das Amancio in Paris den Gegenwert von fünf Hereford-Rindern gekostet hatte. Dieses Kleid, das so aussah, als hätte der Modeschöpfer ein Stück aus einer perfekten Sternennacht geschnitten, nur um es zu verflüssigen und damit Laras Körper zu bemalen, als sichtbaren Beweis für die Theorie von der Krümmung des Raumes.

Unvermittelt fragte Lara: »Was machen wir?«

»Wir gehen auf die Party im Jockey Club.«

»Das weiß ich doch.«

»Und warum fragst du dann?«

»Ich meine, in den Winterferien.«

»Wollen wir aufs Land fahren?«

»Du langweilst mich, Amancio, fällt dir nichts Besseres ein?«

»Zum Beispiel?«

»Zum Beispiel eine Reise. Wir sind schon seit über einem Jahr nirgendwo mehr gewesen.«

»Wo willst du denn gerne hin?«

»Ibiza wäre nicht schlecht.«

»So wie die Dinge stehen, sieht es nicht gut aus für Ibiza, meine Liebe.«

»Mir scheint, so wie es um dich steht, sieht es nicht einmal gut aus für einen Ausflug zur Lagune von Chascomús.«

Lara nahm einen ordentlichen Schluck aus ihrem Glas, blickte Amancio zum ersten Mal kurz an und ging von der Szene ab, nicht ohne dem Spiegel noch eine verächtliche und doch entzückende Fratze zu schneiden.

Amancio blickte hinüber zu seinem trostlosen Waffenschrank. Geblieben waren ihm nur noch die große Sauer 12, die er von seinem Vater geerbt hatte, und die 9-Millimeter-Pistole, die Giribaldi ihm zum Geburtstag geschenkt hatte. Mit der Remington, der Winchester, der Skorpio mit den zwei übereinanderliegenden Läufen und allen anderen Waffen hatte Amancio längst den Weg ins städtische Leihhaus angetreten, in der Hoffnung, sie wieder auslösen zu können, ehe die Pfandscheine verfallen waren. Aber der Räuber oder der Businessman mit der einen Million Dollar waren noch nicht aufgetaucht, und die Waffen hatten unter dem unerbittlichen Hammer des Auktionators zum Mindestgebot den Besitzer gewechselt. Amancio verfluchte sein Schicksal. Düster wendete er sich von der Vitrine ab und rief Lara zu, er werde unten im Auto auf sie warten. Lara schnitt wieder eine Fratze, diesmal eine mutwillige, denn der zweite Schluck hatte ihr ein Funkeln in die Augen gezaubert, Partylaune.

Als sie hinaus auf den Bürgersteig trat, musste sie dem Müllwagen ausweichen und den derben, bewundernden Sprüchen, zu denen ihr Anblick diese rauen, kräftigen und schmutzigen Männern animierte:

»Mamma mia, mit diesem Arsch kackst du bestimmt Pralinen.«

Amancio, der dieses Kompliment gehört hatte, machte Anstalten, aus dem Auto zu steigen. Lara hielt ihn zurück.

»Ganz ruhig, mein Kleiner, ich will die Nacht nicht im Krankenhaus verbringen.«

Die kurze Fahrt brachten sie schweigend hinter sich. Lara spielte die Mürrische, blickte die ganze Zeit aus dem Fenster.

»Hast du was?«

»Ja, ich habe es satt.«

»Was hast du satt?«

»Stell dich nicht so dumm, Amancio, das weißt du ganz genau.«

»Es wird sich alles bald regeln.«

»Leg mal eine andere Platte auf, die ist schon total verkratzt.«

»Du stellst dich immer gleich so an!«

»Du tust ja auch nichts, um unsere Situation zu verbessern.«

»Und du machst aus allem ein Problem.«

»Entschuldige, wie konnte ich das vergessen: Der Herr selber hat ja gar keine Probleme.«

»Ich hab da was am Laufen, womit wir alle Sorgen loswerden.«

»Dann hoffe ich, dass es sich nicht bloß wieder um eine von deinen Tagträumereien handelt, sondern dass wirklich etwas Zähl-ba-res dabei herausspringt.«

»Du bist ein Biest!«

»Hast du gehört, was ich gesagt habe? Ich will etwas Zählbares sehen.«

»Wenn du mir hilfst, werden wir reichlich zu zählen haben.«

»Was hast du gesagt?«

»Nichts, nichts habe ich gesagt.«

»Du machst mich noch ganz krank mit deinem Gemurmel.«

»Du hast dich verhört, ich habe bloß gesungen.«

»Von mir aus kannst du auf den Friedhof gehen und Gardel was vorsingen.«

»Du kannst mich mal.«

Im Salon wimmelte es vor Menschen, die zur feinen Gesellschaft zählten. Alle waren sehr elegant, die Männer in Smoking, die Damen passend in Abendrobe. Unter die Bürgerlichen hatten sich auch einige Militärs in Galauniform gemischt, vom Hauptmann aufwärts. Lara und Amancio saßen schweigend an einem festlich geschmückten Tisch. Er hatte Horacio eine besondere Einladung besorgt, um ihn zu beeindrucken und über ihn Biterman, den Geldverleiher, wohlgesinnt zu stimmen, was eine Fristverlängerung bedeuten mochte und vielleicht auch mehr Geld. Als Amancio ihm die Einladung gegeben hatte, war Horacio ganz aus dem Häuschen gewesen. Immer schon hatte er davon geträumt, in den

Salons zu verkehren, in denen das Großbürgertum zusammenkam. Und da konnte man auch schon Horacios flammendrotes Haar sehen, das geradezu über den Anwesenden schwebte, während sich sein Besitzer athletisch einen Weg zwischen den wohlgepflegten Bäuchen der Großgrundbesitzer hindurch bahnte. Amancio erhob sich, um ihn zu begrüßen.

»Wie geht's, mein Lieber, wie geht's?«

»Komm, setz dich zu uns. Darf ich dir Lara vorstellen, meine Frau?«

»Sehr erfreut. Ihr Mann hat mir von Ihnen erzählt, aber ich fürchte, er ist Ihnen nicht gerecht geworden.«

»Das tut er nie.«

»Lara!«

»War nur ein Scherz, mein Dummerchen. Willst du uns keinen Champagner einschenken?«

»Natürlich. Also, lasst uns anstoßen.«

»Worauf stoßen wir an?«

»Auf dich, Lara, ich kann mir keinen besseren Grund vorstellen.«

»Dein Freund Horacio ist sehr galant, wo hast du ihn so lange versteckt? Er sollte uns in Zukunft öfter besuchen.«

»Es werden sich bestimmt Gelegenheiten ergeben.«

Lara nahm Horacio sorgfältig in Augenschein. Was er für weibliches Interesse hielt, war in Wirklichkeit ein blitzschnelles Durchleuchten, wie sie es bei jedem Mann machte, der ihre Wege kreuzte. Der Befund diesmal: Horacio war ein armer Schlucker, wie ihr Mann, sah aber gut aus und hatte Pianistenhände. Ein Schäferstündchen mit dem Jüngelchen war eine bedenkenswerte Möglichkeit. Sie spähte über die Köpfe der beiden Männer hinweg, und ihr Lächeln begann zu strahlen. Ramiro hatte den Salon betreten, einerseits Cousin, andererseits gelegentlicher Liebhaber, immer verführerisch, immer elegant, gut bestückt in jeglichem Sinne. Als Ramiro an Amancio vorüberkam, klopfte er ihm auf die Schulter, nur eine Spur zu hart.

»Na sieh mal einer an, die Pérez Lastras. Wie steht's, mein Lieber?«

Niemanden konnte Amancio weniger leiden als Ramiro. Von klein auf hatte der ihn immer geringschätzig behandelt, und obwohl er ihm zehn Jahre voraus hatte, konnte Amancio ihm in nichts das Wasser reichen. Ramiro war ein ausgezeichneter Sportler. Amancio musste grimmig mitansehen, wie Ramiro seine Frau auf beide Wangen küsste, auf die französische Art, zu nah an den Mundwinkeln, zu lange mit den Lippen verharrend.

»Lara, du wirst von Tag zu Tag anbetungswürdiger.«

»Und du von Tag zu Tag jünger. Wie machst du das?«

»Meine Formel ist das gute Leben. Tun und lassen, was man will, wann man will und mit wem man will.«

Er bemerkte Horacio, streckte ihm mit einem breiten Lächeln die Hand entgegen.

»Ramiro Elicetche Barroetaveña, sehr erfreut.«

»Horacio Biterman, ganz meinerseits.«

»Biterman ... mit zwei N oder mit einem?«

»Mit einem ...«

»Gut, wenn die Gentlemen nichts dagegen haben ... Lara, gewährst du mir die Ehre eines Tanzes?«

»Mit dem größten Vergnügen.«

Amancio sah ihnen nach, wie sie Hand in Hand zur Tanzfläche gingen, lachend und einander Dinge zuflüsternd. Horacio besänftigte den Sturm, der in Amancio aufzubrausen begann, indem er mit dem Kopf in Laras Richtung wies.

»Glückwunsch!«

»Danke. Wobei, manchmal ...«

»Manchmal, was?«

»Na ja, wenn man eine so junge und hübsche Frau hat, ist man so abhängig wie beim Wehrdienst. Man ist all ihren Launen und Umtrieben ausgeliefert.«

»Dafür wird man aber reichlich entlohnt, würde ich schätzen.«

»Wird man, ja, aber nicht so oft, wie du dir das vielleicht vorstellst.«

»Davon kann ich dir auch ein Lied singen. Alle Weiber, ob jung oder alt, haben viel zu oft Kopfschmerzen oder ihre Tage oder was weiß ich, such dir selbst eine Ausrede aus. Da sind sie alle gleich. Eine Freundin von mir behauptet, dass Frauen einfach nicht gern vögeln.«

»Ich glaube schon, dass sie gern vögeln, aber sie mögen nicht, dass sie es mögen.«

»Jetzt erzähl mir mal, wie du es anstellst, wenn du so ein Kaliber wie deine Frau halten willst? Du bist schließlich weder jung noch gutaussehend, und Geld hast du auch keins.«

»Mit Geduld, Horacio, mit viel Geduld. Aber lass uns lieber über unsere Angelegenheiten sprechen. Ich weiß nicht mehr, was ich mit deinem Bruder machen soll.«

»Hast du irgendwas erreicht?«

»Hör bloß auf, dein Bruder führt sich unmöglich auf. Jetzt will er alles auf einen Schlag zurückhaben.«

»Er hat dich ausgequetscht wie eine Zitrone. Ich habe ihm gesagt, dass man aus einem staubtrockenen Ziegel keinen Saft rauspressen kann. Aber er hat sich keinen Deut erweichen lassen. Ich weiß auch nicht, was in letzter Zeit mit ihm los ist. Er ist schäbiger denn je. Ehrlich gesagt hätte ich ihn am liebsten an die Wand geklatscht.«

»Dazu hätte ich auch oft genug Lust. Ich kann gar nicht glauben, dass ihr Brüder seid. Ihr seid so unterschiedlich.«

»Das waren wir schon immer. Ihn hat von jeher bloß das

Geld interessiert. Und mich das Leben. Er lebt nur dafür, möglichst viel Kohle zusammenzuraffen.«

»Ich weiß nicht, wie ich ihn packen könnte. Jetzt kommt er mir damit, dass er mir La Rencorosa wegnehmen will. Wenn das passiert, bin ich am Ende. Schließlich habe ich das Land nicht nur an ihn verpfändet. Wenn er mich jetzt verklagt, werden alle wie die Aasgeier über mich herfallen.«

»Offenbar hat er ein Auge auf deine Ländereien geworden.«

»Ein Freund hat mir geraten, ihm die Schecks einfach wieder abzuknöpfen.«

»Wie meinst du das, einfach, mit purer Gewalt?«

»Ja, ich soll ihm drohen, er meint, Elías sei auf jeden Fall ein Angsthase.«

»Wie? Kennt er ihn?«

»Nein.«

»Und wie kommt er dann darauf?«

»Was weiß ich, vielleicht nach der Beschreibung, die ich ihm gegeben habe.«

Zwischen den Zeilen spürte Horacio etwas, das sich für ihn anfühlte wie ein Tritt in die Eier: *Juden sind Angsthasen.* Tausend Mal hatte er das schon gehört, in der Grundschule, auf dem Gymnasium. In seinem Innern spürte er, wie sich alles zu einem Knoten aus Groll und Verachtung zusammenzog: *Wenn dieser Idiot auch nur eine Ahnung hätte, wer Elías ist.* Die Geschichte seines Bruders, die wenigen Male, die er ihn wütend erlebt hatte, waren mehr als ausreichend, um ihn in Angst und Schrecken zu versetzen. Hinter dem kühl kalkulierenden, bedächtigen Geldverleiher verbarg sich ein wildes Tier, jederzeit zum Angriff bereit. Ein entschlossener Mensch, jemand, der schon einmal getötet hatte und jederzeit wieder dazu in der Lage war. Amancio glaubte also, Elías leicht einschüchtern zu können. Wenn es Horacio gelang, ihn dazu zu bringen, Elías tatsächlich zu drohen, würde einer von den beiden am Ende tot sein, vielleicht sogar alle beide. Falls sein Bruder sterben sollte, würde er der einzige Erbe sein. Wenn Amancio starb, wäre das kein großer Verlust für die Welt. Das einzige Risiko bestand darin, dass die Sache schiefgehen mochte und herauskam, dass er seine Finger im Spiel hatte. Aber das konnte er ja immer noch leugnen. Wahrscheinlicher war, dass Elías sich auf Amancio stürzte, sobald der ihn unter Druck setzte, so dass dem keine andere Möglichkeit bleiben würde, als ihn zu erschießen. Wie auch immer, es war wie beim Roulette auf eine Zahl zu setzen. Wenn sie kam, gut, wenn nicht, stand man auch nicht viel schlechter da als vorher. Der Preis war das Risiko allemal wert, befand er.

»Klar, die Idee ist nicht schlecht, aber du musst ihm schon einen gehörigen Schrecken einjagen, damit er sich geschlagen gibt.«

»Und wie?«

»Sieh mal, Elías hat panische Angst vor Schusswaffen, das kommt vom Krieg.«

»Und weiter?«

»Hast du eine Pistole?«

»Hab ich.«

»Dann geh zu ihm und richte sie auf ihn. Ich werde mich gegen sieben aus dem Staub machen. Wenn du etwas später kommst, erwischst du ihn allein, und ich muss nicht eingreifen.«

»Meinst du wirklich?«

»Warte, ich hab noch eine bessere Idee: Ich gebe dir die Schlüssel, dann kannst du ihn überraschen. Du schleichst dich ganz leise rein und erschreckst ihn zu Tode. Das wird ihn ganz kleinlaut machen, du wirst schon sehen.«

»Und wenn nicht?«

»Das klappt garantiert. Er ist mein Bruder, ich werde doch wohl meinen Bruder kennen.«

»Und wenn er verrückt spielt?«

»Tja, dann hast du deine Waffe.«

»He, Alter, spinnst du?«

»Wenn hier einer spinnt, dann du. Glaubst du denn im Ernst, du könntest im Guten mit ihm reden? Er wird dich ruinieren, da kannst du Gift drauf nehmen.«

»Weißt du überhaupt, was du da redest?«

»Im schlimmsten Falle geht Elías dabei drauf, und du bist all deine Probleme los. Und ich nebenbei meine.«

»Mein Lieber, ich weiß nicht, mir scheint …«

Tam, tam, tamtam. Der Tanz hörte plötzlich auf, und alle Anwesenden erhoben sich, als hätte man sie konditioniert. Einmütige Feierlichkeit bei den Klängen der Nationalhymne. Die Militärs nahmen Haltung an und stellten mit strammem Gruß ihren Patriotismus zur Schau. Das *Höret, ihr Sterblichen* wurde gesungen, einer übertönte alle anderen mit einer protzigen Baritonstimme. Lara und Ramiro nutzten die Gelegenheit, um sich am äußersten Ende der Tanzfläche aufzustellen, Amancios Blicken entzogen. Horacios Blicke wanderten immer wieder zu jemandem rechts von ihm. Mit dem mehrfach wiederholten Bekenntnis *Wir schwören, ehrenvoll zu sterben* fand die Hommage an das Vaterland ihr Ende, es folgte lautes Stühlerücken, dann setzte der Wirrwarr aus Gelächter und Stimmen wieder ein. In Horacio weckte der Anblick möglicher Beute den Jagdinstinkt.

»Hast du gesehen, wer da steht?«

»Wer?«

»Die Quiroga, die will ich schon seit einer ganzen Weile vernaschen. Entschuldige mich einen Augenblick.«

»Bitte.«

Horacio ging zu dem Tisch, an dem Isondú Quiroga saß,

eine Vertreterin des Provinzadels, dreimalige Yerba-Mate-Königin, Tochter des größten Produzenten von Matetee in der ganzen Provinz Misiones. Sie hatte so viel von einer Dame wie von einem ungezähmten jungen Tier, und ihre Augen glühten wie Kohle aus der olivfarbenen Haut ihres Gesichts. *Die Kleine ist zum Fressen süß*, dachte Horacio, und schon hatte er neben ihrem Lächeln Platz genommen. Amancio, an dem der Neid gehörig nagte, saß nachdenklich und allein an seinem Tisch. Plötzlich erinnerte er sich an Lara. Vergeblich suchte sein Blick den ganzen Saal ab, die beiden waren verschwunden. Er schenkte sich ein Glas Champagner ein und leerte es in einem Zug. Dann suchte er alles ab, auch die Nebenräume, nichts. Eine Stunde verging, zwei, gelegentlich wechselte ein Bekannter ein paar Worte mit ihm, während er ohne Unterlass nach seiner Frau fahndete. Eine weitere Stunde verging, die Gäste brachen allmählich auf, das Fest lag in den letzten Zügen. Amancio hatte unablässig getrunken und nach Lara gesucht, aber seine Sinne fingen langsam an, ihn im Stich zu lassen. Horacio trat zu ihm, um sich zu verabschieden, flüsterte ihm ins Ohr …

»Wir machen es wie besprochen. Für alle Fälle hier der Schlüssel für unten, und das ist der für oben. Morgen wird er abends noch lange im Büro sein. Überleg's dir. Herzliche Grüße an deine Süße.«

… und verließ den Salon eng umschlungen mit Isondú. Amancio betrachtete die Schlüssel wie eine Art Talisman. Als ihm endgültig klar wurde, dass Lara nicht wiederkehren würde, steckte er den Bund in die Tasche, erhob sich und ging. Draußen auf dem Bürgersteig bemerkte er, dass er zum Fahren zu betrunken war, und nahm für die Heimfahrt ein Taxi. In seinem Kopf drehte sich ein Mahlstrom. Horacio hatte ihm geraten, seinen Bruder nötigenfalls zu töten. Dieser Mord würde tatsächlich die Lösung all seiner Probleme bedeuten. Aber jemanden zu töten – er wusste nicht, ob er sich dazu würde überwinden können. *Ihm einen Schrecken einjagen, ja, aber ihn umbringen?* Er stellte sich Bitermans Leiche vor, und diese Vorstellung verursachte ihm Ekel. Giribaldi hatte ihm einmal gesagt, dass sich viele Leute in die Hosen machten, wenn es ans Sterben ging. *Wenn das mit dem Angsteinjagen nicht klappt, kann ich immer noch Giri bitten, sich um den Russen zu kümmern. Ein Toter mehr oder weniger, darauf kommt's bei ihm schließlich nicht an.*

Die Morgendämmerung zog herauf. Amancio lag mit seinem zerknitterten Smoking auf dem Wohnzimmersessel und schlief. Erst gegen sieben Uhr abends schreckten ihn leise Geräusche an der Tür hoch. Es war Lara, die völlig erschöpft nach Hause kam.

»Sieh an, die Dame des Hauses kehrt zurück.«

»Ach, Amancio, fang bloß nicht damit an.«

»Würdest du mir bitte sagen, woher du jetzt kommst!«

»Erinnere mich bloß nicht daran, dass ich tatsächlich zurückgekommen bin.«

»Du warst die ganze Nacht und den ganzen Tag nicht zu Hause. Würdest du mir also erklären, was passiert ist?«

»Nichts ist passiert, was soll passiert sein? Ramiro hat uns auf seine Jacht eingeladen, und du weißt ja, wie das ist. Wenn man Spaß hat, vergeht die Zeit wie im Flug.«

»Klar, dass die eigene Ehefrau den ganzen Tag verschwindet, ist wirklich unglaublich spaßig.«

»Reg dich nicht auf, sonst geht noch dein Blutdruck hoch, und du hast schon so genug Probleme.«

»Dafür hast du offenbar überhaupt keine Probleme. Findest du es nicht entwürdigend, dass du direkt vor meiner Nase hemmungslos herumflirtest und mich dann vor aller Augen einfach sitzenlässt?«

»Red keinen Quatsch.«

»Quatsch? Du bist als Hure geboren, und du wirst als Hure sterben.«

»Ich weiß wenigstens, was ich bin. Du dagegen bist ein Stricher und merkst es nicht mal.«

»Was sagst du da?«

»Zehntausend.«

»Wie bitte?«

»Ich sagte, zehntausend.«

»Wovon redest du?«

»Ich rede von dem, was du mir neulich nachts aus der Handtasche geklaut hast.«

»Davon weiß ich nichts.«

»Hör zu, ich mag zwar geschlafen haben, aber so tief nun auch wieder nicht. Jedenfalls hatte ich noch dreißigtausend Pesos, als ich eingeschlafen bin, und nur noch zwanzigtausend, als ich aufgewacht bin.«

»Glaubst du im Ernst, ich hätte es nötig, dir zehn Riesen zu klauen?«

»Das Mal davor hast du mir fünf gestohlen.«

»Jetzt hör aber auf.«

»Ich will endlich was Zählbares von dir sehen. Ich werde dich nicht mehr lange aushalten. Wer sich hier zusammenreißen muss, bist nämlich du. Oder bist du etwa kein richtiger Mann? Hast du mich verstanden?«

»Das Einzige, was dich interessiert, ist Geld.«

»Hör gut zu: Meine Mutter hat mich eines gelehrt – wer mich auszieht, muss mich auch anziehen. Und den Gutsherrenton kannst du dir sparen, mein Lieber. Im Grunde bist du nur ein ganz gewöhnlicher Zuhälter. Jeder bekommt, was er verdient. Du hast mich reingelegt mit deinem Märchen vom Großgrundbesitzer, aber jetzt ist der Lack endgültig ab. Ich warne dich, deine Tage sind gezählt. Entweder du kriegst die

Situation in den Griff, oder du hast mich die längste Zeit gesehen.«

»Einfach so?«

»Ganz genau, einfach so.«

Lara verschwand in Richtung Schlafzimmer und ließ Amancio stehen, den Wut und Ohnmacht fast zerfraßen. Er schenkte sich ein Glas Whisky ein und schüttete es verzweifelt hinunter, aber sein Magen weigerte sich, das Getränk zu akzeptieren, und zwang ihn, ins Gästebad zu rennen und sich so lange zu übergeben, bis er nur noch ein Dutzend Mal trocken und schmerzhaft würgen konnte. Benommen richtete er sich wieder auf, ging zurück ins Wohnzimmer und ließ sich wieder auf den Sessel fallen. Gegen elf Uhr abends wachte er auf und sah, dass Laura schon wieder ausgehbereit war.

»Was machst du? Wo gehst du hin?«

»Ich trinke einen Kaffee mit einer Freundin. Hast du ein Problem damit?«

»Nein.«

»Gut, denn wenn du eins hast, da ist die Tür.«

»Das gilt für dich genauso.«

»Mag sein, aber ich bin diejenige, die hier die Miete zahlt. Wenn also jemand gehen muss, dann du.«

»Es reicht, Lara.«

»Ja, mir reicht's auch!«

»Komm, es reicht, ich will mich nicht mit dir streiten.«

»Das scheint mir auch besser so.«

»Sei nicht immer so negativ. Ich stehe schon genügend unter Druck. Du musst ihn nicht auch noch erhöhen.«

»Findest du nicht, dass ich schon verdammt lange alle Rechnungen bezahle?«

»Hab doch ein bisschen mehr Vertrauen in mich.«

»Vertrauen kannst du von mir aus haben, so viel du willst.

Aber Vertrauen bezahlt keine Rechnungen, und ich fühle mich schon jetzt wie die dümmste Gans von allen.«

»Ich werde bald eine Lösung finden, du wirst schon sehen.«

»Das will ich dir auch geraten haben.«

Verzweifelt und verwirrt lauschte Amancio dem Öffnen und Schließen der Fahrstuhltür, dem fernen Aufzugmotor unter dem von Schatten bevölkerten Dach. Wie ein Blitz traf ihn der Gedanke, dass Lara ausgegangen war, um sich mit Horacio zu treffen. Nein, sie hatten gar keine Gelegenheit gehabt, sich zu verabreden, waren in keinem Moment allein gewesen. Aber die glühenden Blicke, die sie gewechselt hatten, waren ihm nicht entgangen. Amancio liebte Lara mit Haut und Haaren. Er spürte, er wusste, dass dies weit mehr war, als sie verdient hatte. Das mit der Freundin hatte er ihr nicht einen Augenblick abgenommen. Wahrscheinlich traf sie sich also mit Ramiro, oder mit ihrem Chef, diesem Polen, dessen Nachname mehr Konsonanten als Vokale hatte. Und er konnte nichts dagegen tun, so wie er auch nichts dagegen zu tun vermochte, dass ihm das Blut in den Kopf stieg und die Brust eng wurde. Er hatte keinerlei Macht über Lara, keinerlei Einfluss, nichts, was sie genügend interessiert hätte, um sie sanfter zu stimmen. Sie hatte ihm eine Frist gesetzt, und die Uhr lief. Er ging zur Bar, schenkte sich einen Tres Plumas ein. Der Cognac war wie eine Schar wütender Katzen, die seinen Hals hinunterlief. Er genehmigte sich noch einen, um sie zu ersäufen. Und noch einen und noch einen. Schließlich beruhigte er sich, und das Bild der nackten Lara, wie sie auf dem Polen saß, verschwamm und war nicht mehr so wichtig. Sein Körper hatte sich abgekühlt, der Schmerz war betäubt, der Hass eingefroren. Nach dem fünften oder sechsten Drink schmetterte er die leere Flasche auf den Boden und dachte, dass Biterman, die Juden, die Polen schuld daran waren, dass alles vor die Hunde ging. Er ging zur Vitrine, ein dümmliches Lächeln lag auf seinen Lippen. Er zog die Schublade auf, holte die 9-Millimeter-Pistole heraus. Er streichelte sie, sie war genauso kalt wie er. Er öffnete die Schachtel mit den Stahlmantelgeschossen, ließ das Magazin aus der Waffe springen, lud es Patrone für Patrone, acht Schuss insgesamt, und steckte sich die Pistole unter den Gürtel. In der Schachtel war nur noch eine Patrone übrig, die er in seine Tasche gleiten ließ. Dann ging er ins Schlafzimmer, nahm sein bestes Sakko aus dem Schrank, das von Félix, das am Revers schon glänzende Stellen aufwies, und zog es an. Er band sich die Krawatte mit den Wappen um und verließ das Haus.

Diesem Scheißjuden werde ich zeigen, was Sache ist.

Als sich die Fahrstuhltür hinter ihm schloss, redete er sich ein, dass genauso gut auch er gehen konnte, und er ging mit dem Gefühl, dass sich jetzt alles ändern würde. Dass es der Jude war, der ihm das ganze Unglück eingebrockt hatte. Er spürte, dass er wieder Herr der Lage war.

12

Manuel hatte immer wie gefangen in seinem Körper gewirkt. Gehetzt, als sei er ständig versucht, sich aus seiner Haut zu befreien. Immer in Eile, immer auf der Flucht, immer hungrig, immer an vorderster Front, jemand, der die Straßen überquerte, ohne nach links und rechts zu schauen. Eva dachte den ganzen Tag an ihn. Nie hatten sie eine Zukunft gehabt. Das Leben im Untergrund hatte den verheerenden Effekt, dass alles einen provisorischen, ungewissen, undurchschaubaren Charakter annahm. Das Fieber, das sie verspürt hatten, damals, auf jener Demonstration vor dem Ministerium für Soziale Wohlfahrt, als sie noch nicht in die Illegalität gegangen waren und im Chor mit zweihunderttausend anderen *López Re, López Re, López Rega, Hurensohn* skandierten, hatte sich nicht zu einer echten Liebe entwickelt – sollte es so etwas überhaupt geben. Die Sache, für die sie kämpften, war wichtiger, die Zukunft hing über ihnen wie ein auf unbestimmte Zeit vertagtes Hinrichtungsurteil. Manuel würde nie der Vater ihres Kindes sein. Sein Tod war nur die Bestätigung dieser Gewissheit. Ihre Einsätze hatten sie getrennt, beide hatten sie sich dazu berufen gefühlt, die Welt mit Gewalt zu ändern, ob die Welt es wollte oder nicht. Damit waren sie Teil einer Jugend, deren Katechismus der Gewalt sich auf die Worte neuer Propheten vom Schlage eines Che stützte, der die kurze Geschichte der jungen Menschen mit so berühmten Sätzen beeinflusst hatte wie: »Ich will euch sagen, auch auf die Gefahr hin, mich lächerlich zu machen:

Der wahre Guerillakämpfer wird von großer Liebe geleitet.« Tod und Sexualität, die ohnehin nicht scharf voneinander zu trennen waren, vermischten sich nun auf unheilvolle Weise. Das Ergebnis war ein tödlicher Cocktail. Das letzte Mal, dass Manuel mit ihr geschlafen hatte, schnell, wie im Traum, in ihrem Versteck bei Villa Martelli, war zu gehetzt gewesen für eine lustvolle Begegnung und echte Nähe. Sie hatte ihm nichts vom Ausbleiben ihrer Regel gesagt, er hatte nichts von ihrem immer dringlicheren Wunsch bemerkt, den bewaffneten Kampf aufzugeben.

Eva wollte nicht sterben, wollte nicht, dass sie das Kind töteten, das in ihr heranwuchs. Sie war dankbar dafür, dass sie Manuel wenigstens nicht lebend bekommen hatten, dass er sich zur Wehr gesetzt hatte, dass sein Tod ihn vor den Elektroschocks, dem simulierten Ertrinken, den Schlägen und Scheinerschießungen bewahrt hatte. Sie hasste sich dafür, dass dies ihr einziger Trost war, und sie hasste ihn dafür, dass er sich geopfert hatte. Mochte er auch tot sein, sie verzieh ihm nicht, dass er nicht mehr erfahren hatte, dass er nie der Vater ihres gemeinsamen Kindes geworden wäre; dazu war er nicht nahe genug gewesen. Bildhaft erstanden die Worte aus Lorcas *Yerma* vor ihrem geistigen Auge, die Nuria Espert bei einer Aufführung des Stückes in einem Theater an der Avenida Corrientes gesprochen hatte. Vor einem aufgespannten Segeltuch erkundigte sich Yerma bei einer schwangeren Nachbarin voller Sehnsucht nach dem, was sie selbst nie haben würde: »Was fühlt man, wenn man schwanger ist?« – »Hattest du schon mal einen lebenden Vogel in der Hand? Das ist genau so, nur eben in deinem Blut.«

An diesem Morgen erschien Eva das, was in der Welt geschah, fern, sie fühlte sich weniger verantwortlich dafür. Sie wollte leben und davon träumen, wie sie ihrem Kind die Brust gab, ihrem Kind, das sie in sich spürte und das von der

Dummheit der Menschen noch nichts wusste. Mit einem Mal hatte sie das dringende und unmittelbare Bedürfnis, in den Arm genommen zu werden.

Sie war allein, allein in einer seltsamen Wohnung, die sie jederzeit verlassen konnte, doch sie wollte nicht mehr flüchten, wollte einfach auf dem Sofa liegen und die Stunden verstreichen lassen, die Stille genießen oder zumindest den gedämpften Lärm der Welt. Sie wollte nur noch brüten. Ihr war zum Lachen zumute, dann wieder zum Heulen. Ihre Haut war glatter geworden, weicher, das Haar matter. Sie stellte sich vor, es würde ein Mädchen werden, dem sie die Zöpfe flocht, bevor es zur Schule ging. Sie stellte sich vor, es würde ein Junge werden, der im Park mit einem roten Ball spielte. Wenn die Welt auch niemals für alle besser werden würde, für ihr Kind sollte sie es sein.

Ich bin so weit geschwommen in diesem See aus Blut, dass es genauso schwierig wird, das andere Ufer zu erreichen, wie umzukehren.

Eva wusste, dass eine Umkehr tatsächlich unmöglich war, sie wollte auch gar nicht zurück, sie hatte Angst. In ihren Augen gab es zwei Arten von Feiglingen: Die einen traten die Flucht nach vorn an, die anderen die Flucht zurück.

Doch sie musste fliehen, denn sie war umzingelt. Deutlich vermeinte sie das Bellen der Hunde zu hören, die mit ihren sabbernden Schnauzen im Auftrag der Junta die Straßen nach ihr abschnüffelten. Sie würden ihren Schweiß wittern, ihren Geruch nach schwangerem Weibchen. Sie versuchte, diese Gedanken zu verscheuchen, sie würde nicht zulassen, dass sie sich in ihr einnisteten und sie aufsaugten. Wie sehr sehnte sie sich danach, wieder Kind zu sein, sich geborgen und frei von jeder Sorge zu fühlen. Sie träumte vom Meer, von einem anderen Land und begann innerlich, sich auf das Exil vorzubereiten.

Fazit ist, ich lebe noch. Vorerst ist dieser Zufluchtsort perfekt. Ich bin in der Wohnung eines Bullen, der keine Fragen stellt, der mich neugierig macht. Was will er von mir? Helfen, sagt er.

Drei Dinge brauche ich jetzt: Geld, Papiere, eine Verkleidung. Diese zwei Dollarbündel, die Tony Ventura in dem Bordell versteckt und die der Bulle übersehen hat … Ich muss einen Weg finden, an sie heranzukommen. Einfach dort auftauchen und sagen, ich hätte etwas vergessen, geht nicht, womöglich verlangen sie ein Kennwort. Außerdem traue ich mich ja nicht einmal allein auf die Straße. Nein, ich muss mir etwas einfallen lassen, um Lascano dazu zu bringen, mir dort Einlass zu verschaffen. Neue Papiere. Dabei könnte er mir allerdings helfen, das Polizeiministerium ist schließlich der größte Produzent von gefälschten Dokumenten. Aber wie soll ich ihn darum bitten, ohne mich zu verraten? Die Verkleidung ist noch das Einfachste. Das beigefarbene Kostüm aus dem Schrank, auch wenn es eigentlich für den Sommer ist, dazu die Haare hochgesteckt, und schon gehe ich als wohlsituierte Dame aus dem Barrio Norte durch. Aber um Lascano muss ich mich kümmern. Also, was hat er bis jetzt getan? Es scheint, er hegt für mich eine seltsame Mischung aus Bewunderung und Angst. Was ist los mit diesem Typen? Als er mich entdeckt hat, machte er den Eindruck, als sähe er ein Gespenst. Was hat er bloß? Ich muss mehr über ihn herausfinden.

Eva stand auf, ging in die Küche und kochte sich einen Tee. Von Zeit zu Zeit schlürfte sie vorsichtig an der Tasse, wobei sich kleine Bläschen bildeten und sie das wohlige Gefühl einer leicht verbrannten Zunge spürte, wie sie es aus ihrer Kindheit kannte. Sie streifte in der Wohnung umher, betrat das Schlafzimmer, öffnete die Schubladen, durchsuchte sie, wobei sie gut aufpasste, dass hinterher wieder alles so dalag wie vorher. Unterhosen, Socken, Hemden, Taschentücher, Krawatten. Der Boden der Nachttischschublade war mit Wachstuch ausgelegt. Sie fand mehrere leere Zigarettenschachteln, Zettel, einen leeren Kugelschreiber, ein Bündel alter Rechnungen, die sie ohne große Erwartungen durchsah, Gas, Strom, Telefon, leere Streichholzschachteln. Als sie alles wieder zurücklegen wollte, fiel ihr auf, dass sich das Wachstuch an einer Stelle etwas wölbte. Sie hob es an und meinte, in einen Spiegel zu blicken, aber nein, es war eine Fotografie. Da stand sie selbst, vor der Achterbahn im Italpark, Arm in Arm mit Lascano, beide lächelten in die Kamera. Sie sank aufs Bett, jetzt war sie diejenige, die glaubte, ein Gespenst zu sehen. Sie erhob sich, ging ins Bad, blickte abwechselnd in den Spiegel und auf das Foto. Jetzt begriff sie, warum dieser Mann sie beschützte, ihr half. Ihr wurde klar, dass die Frau ihn verlassen hatte oder gestorben war, wahrscheinlich gestorben, denn er hatte den erloschenen Gesichtsausdruck desjenigen, der zu früh Witwer geworden war. Jetzt verstand sie auch, warum er nicht wusste, was er mit ihr anfangen sollte. Alles wurde klar in diesem Moment. Sie setzte sich wieder auf sein Bett und betrachtete das Foto eingehend. Die beiden sahen glücklich aus, wie zwei, die sich liebten, während hinter ihnen in dem Achterbahnwagen, der im Schein der roten, grünen und gelben Lichter in die Tiefe sauste, die unscharfen Gesichter der Leute Angst verrieten. Lascano lächelte so schön, wie sie es bei ihm noch nie gesehen hatte. Seine Haut leuchtete, im Gegensatz zu der Farbe bitteren Mates heute, und sie verstand seinen Schmerz, das verlorene Glück. Eine Träne fiel auf die für immer auf Papier fixierten Silbersalze und zerlief. Eva sank auf dem Bett zusammen, umarmte das Kissen, das nach seinem Parfüm roch, und weinte, beweinte ihren eigenen Schmerz, bis das Tageslicht zu vergehen begann. Sie schlief ein, im Traum verschwammen Lascano, das Kind, das in ihr wuchs, die Frau auf dem Polaroid, sie selbst ineinander. Da war ein Park, wo der Rasen sanft ins Meer überging, wo alles freundlich war, ehrlich und warm.

Geräusche. Eva sprang auf, versteckte das Foto, schlich sich aus dem Schlafzimmer, während Lascano, den Rücken ihr zugewandt, die Tür abschloss. Sie tat so, als sei sie gerade aus dem Bad gekommen, während ihr Herz ihr tief drinnen Stiche versetzte und ihre Wangen sich röteten. Auf seinem Gesicht deutete sich ein Lächeln an, wie eine Lichterscheinung, die blitzschnell wieder erloschen war. Es schien so, als hätte er sich plötzlich an eine ernste, traurige Pflicht erinnert. Das war der Augenblick, in dem es geschah, die Augen des Mannes und der Frau wichen einander nicht mehr aus, beide spürten, dass etwas Ernstes vor sich ging. Sie versuchten, diese Entdeckung voreinander zu verbergen, und setzten sich gleichzeitig in Bewegung, stießen aneinander: Das Begehren hatte sie erfasst und würde sie nicht mehr loslassen, auch wenn sich vorerst beide in ihre Einsamkeit zurückziehen mochten. Sie hatte wenigstens das Kind, das ihr den Bauch wärmte, er nur das Foto, das er unter dem Kissen fand, ohne sich zu fragen, wie es dorthin gekommen war; so sehr war er daran gewöhnt, dass Marisa ihn irgendwann, irgendwo überfiel. Während sie auf dem Sofa im Wohnzimmer auf den Schlaf wartete, wusste Eva nicht, ob sie lachen oder weinen sollte. Morgen ist ein neuer Tag, hatte ihre Großmutter immer gesagt, die Meisterin des Offensichtlichen, wenn sie ihr den beruhigenden Gutenachtkuss gab.

13

Sie hatte ihn nicht gehen hören. Als sie die Jalousien öffnete, ergoss sich das Licht eines prächtigen Donnerstags in das Zimmer, was sie mit Lebensfreude erfüllte. Die Uhr zeigte ihr, dass sie zwölf Stunden am Stück geschlafen hatte. Ihr Körper hatte es dankbar angenommen. Sie dachte an Lascano, an seine Traurigkeit, an seine Unschlüssigkeit darüber, was er mit ihr anfangen sollte, mit ihr, dieser Doppelgängerin seiner großen Liebe, die ihm erschienen war und für die er sorgte, als könnte er damit irgendwie seine tote Frau beschützen. Lascano hätte ihr Vater sein können, aber er war es nicht. Schon immer hatten ältere Männer sie fasziniert. Während im Gymnasium ihre Mitschülerinnen über die Jungs aus der Oberstufe tuschelten, träumte sie von deren Vätern. Ein paar Fältchen um lächelnde Augen fand sie verführerischer als das affektierte Gehabe von Teenagern, die ständig versuchten, männlich zu wirken und alles Kindliche zu verleugnen. Eva hatte eine Schwäche für richtige Männer, die auch einmal kindlich und ausgelassen sein konnten, wenn ihnen der Sinn danach stand, ohne sich dadurch etwas zu vergeben.

Sie band sich ein geblümtes Kopftuch um, das sie zehn Jahre älter machte, und ging mit dem Einkaufskorb auf den Markt, für den jeden Donnerstag die Straße nebenan gesperrt wurde. Trotz des Winters leuchteten auf den Ständen Früchte in allen Farben: Mangos, Pflaumen, Birnen, Papayas und Melonen. Lauthals priesen die Gemüsehändler in ihren Buden ihre Waren an, die Metzger lenkten die Frauen mit

Komplimenten ab, während sie sie beim Abwiegen betrogen. Dies war eine eigene Welt, eine kurze Atempause, eine Oase der Südfrüchte, die einen halben Tag lang Bestand hatte und dafür da war, die Einkaufstaschen der Frauen mit Salat und Gemüse zu füllen.

Am Nachmittag stand sie in der Küche. Sie schob eine mit Speck, Knoblauch, Petersilie und Karotten gefüllte Rinderkeule in den Ofen, auf Kartoffeln gebettet, so, wie sie es bei ihrer Großmutter gelernt hatte. Zehn Minuten bei großer Hitze, damit sie schön golden wurde, dann auf kleiner Flamme eine Stunde, und schon war der Festschmaus fertig. Ein einfaches, leckeres Gericht, mit dem sie ihren Beschützer überraschen wollte. Warum? Weil er sich um sie kümmerte – und weil sie wusste, dass er ihr einziger Passierschein aus diesem Alptraum sein würde, in den sich ihr Vaterland verwandelt hatte, an das sie nun nicht mehr denken mochte. Und auch einfach so. Jetzt konnte es ihr gar nicht schnell genug gehen, sie wollte mit ihrer Tochter am Strand sein und den Horizont betrachten, wollte sie lieben und sie so erziehen, dass sie nicht eines Tages das würde durchmachen müssen, was sie selbst gerade durchmachte. Und wenn es ein Junge werden sollte? Das war schwieriger, mit einem Jungen konnte sie sich selbst nicht vorstellen. Wie und worüber sprach man mit einem Jungen? Daher beschloss sie, dass es in ihren Träumen bei einem Mädchen bleiben würde. War es dann doch ein Junge, konnte man immer noch weitersehen. Essensduft erfüllte die Wohnung. Sie hatte ein Gefühl wie Sonntag, ertappte sich dabei, dass sie sehnsüchtig auf Lascano wartete, der heute später kam als üblich. Das mulmige Gefühl, es könnte ihm etwas passiert sein, schnürte ihr die Brust ein. In diesem Augenblick ging die Tür auf.

»Nicht schauen. Ich habe eine Überraschung für dich.«

»Was für eine Überraschung?«

»Wenn ich es dir sage, ist es keine Überraschung mehr. Mach die Augen zu und gib mir deine Hand.«

»Ach, Mädchen, lassen Sie doch diesen Unsinn.«

»Das ist kein Unsinn, ich habe den ganzen Nachmittag geschuftet.«

»Na, wenn das so ist ...«

»Jetzt kannst du sie wieder aufmachen.«

»Was ist das?«

»Habe ich ganz allein gemacht.«

»Na gut, dann lass uns mal probieren.«

Mit der Präzision eines Chirurgen zerschnitt El Perro das Stück Keule, das dampfend auf seinem Teller lag, genau dort setzte das Messer an, wo die Gemüsefüllung dem Kern den intensivsten Geschmack verlieh. Er schnitt ein Dreieck heraus, das etwas Gemüse, rotes Fleisch aus der Mitte und ein wenig von der fein gerösteten Kruste enthielt, und führte es zum Mund. Bei der Auswahl des Fleisches hatte die Kleine alles richtig gemacht. Es ging doch nichts über argentinisches Rindfleisch aus der Keule! Er mochte die Konsistenz, die nicht so gefügig weich war wie bei dem aus der Lende. Einer Keule musste man ernsthaft zu Leibe rücken, musste sie mit den Backenzähnen regelrecht zermalmen, damit sie ihren Saft und das Aroma nach Knoblauch und Petersilie freigab.

Beim Essen fühlte sich Lascano auf einmal wieder wie ein Kind, das aus der Schule kam. Er schenkte Wein ein. Eva wartete auf sein Urteil.

»Essen Sie nichts? Das haben Sie perfekt hingekriegt.«

»Schmeckt's dir?«

»Es ist köstlich.«

Lascanos Blick wanderte vom Fleisch zu den Kartoffeln, zum Glas, zu Eva, zu ihrem Mund. Er lächelte gelöst.

»Ehrlich, Mädchen, Sie haben sich selbst übertroffen. Ihr Fleisch ist wirklich große Klasse.«

Die Anspielung, die ihm so herausgerutscht war, verriet ihr mehr, als er sie hatte wissen lassen wollen.

»Apropos Fleisch, das Beste kommt noch.«

»Ach, ja? Was denn?«

»Der Nachtisch.«

»Haben Sie den auch selbst gemacht?«

»Ich dachte eher, dass wir uns gemeinsam darum kümmern.«

»Was brauchen wir dazu?«

»Geheimnis, Stille, Regen, Wind.«

»Und hat dieser Nachtisch einen Namen?«

»Auf Französisch heißt er *Petite mort.*«

»Ich wusste gar nicht, dass Sie auch Französisch können.«

»Es gibt vieles, was du über mich nicht weißt.«

»Das stimmt.«

»Bist du gar nicht neugierig?«

»Ein bisschen ...«

»Was muss ich tun, damit du merkst, dass ich vor Sehnsucht nach dir sterbe?«

»Lebendig sind Sie mir aber lieber, Mädchen.«

»Wie lange willst du das eigentlich noch durchziehen und den Dummen spielen?«

»Solange ich kann.«

»Und warum?«

»Verzeihen Sie, aber diese Dinge sind nichts mehr für mich.«

»Welche Dinge?«

»Diese ganzen romantischen Dinge, Abendessen, sich dabei anlächeln, all das, was man nicht ausspricht.«

»Diese Dinge sind für jeden etwas. Bei wem das nicht so ist, der ist tot und hat es bloß nicht mitgekriegt.«

»Wahrscheinlich haben Sie recht.«

»Du hast Angst.«

»Ich weiß doch, wie das enden wird.«

»Ach, ja? Wie denn, wenn ich fragen darf?«

»Einer von uns wird leiden. Oder beide.«

»Na und?«

»Vielleicht leiden Sie gern, ich jedenfalls nicht.«

»Wenn du so denkst, warum bringst du dich dann nicht gleich um?«

»Warum sollte ich das tun?«

»Eines Tages wirst du sterben, wir alle werden eines Tages sterben. Nicht zu lieben, nur weil man Angst davor hat zu leiden, ist wie nicht zu leben, weil man Angst vor dem Tod hat.«

Lascano musste lächeln. »Eine kleine Philosophin?«

»Ein kleiner Hosenscheißer?«

»Jetzt seien Sie nicht so …«

»Wie soll ich sein?«, fiel Eva ihm provozierend ins Wort. »Glaubst du, ich merke nicht, wie du mich anschaust?«

»Ich bin zu alt für Sie. Ja, es stimmt, Sie gefallen mir, Sie sind attraktiv, aber das ist nichts mehr für mich.«

»Das ist doch nicht zu fassen: Ich reiße mir ein Bein aus, um dir eine Freude zu machen, werfe mich dir praktisch an den Hals, und du lässt mich einfach abblitzen? Was ist denn falsch an mir?«

»Nichts. Nichts ist falsch an Ihnen. Es ist nur so … Die Liebe ist mir zu gefährlich.«

»Das sagst ausgerechnet du? Ein Typ, der den ganzen Tag hinter Verbrechern und Mördern her ist, hat Angst vor ein bisschen Nähe … Das ist wirklich unglaublich!«

»Wissen Sie, eine Schießerei, Mann gegen Mann, so was lässt mich kalt wie ein Fisch, aber echte Katastrophen machen mir zu schaffen.«

»Die Liebe ist also eine Katastrophe?« Eva schüttelte den Kopf. »Katastrophe … Merkst du nicht, dass alles, was dir noch bleibt, eine einzige Katastrophe ist? Dabei leben wir, sind allein, ich gefalle dir, du gefällst mir. Nichts anderes zählt. Morgen sind wir vielleicht schon tot. Worauf wartest du?«

»Ich warte auf gar nichts mehr.«

»Dann heul doch allein. Und stirb allein.«

»Jetzt sind Sie sauer ...«

»Ja, und wie.«

»Ist das ein Streit?«

»Nein, ein Zeichentrickfilm, was sonst?«

»Sehen Sie? Schon benehmen wir uns wie Verrückte.«

»Wer will in einem solchen Moment schon vernünftig sein?«

Schweigen. Lascano, der so weit wie möglich von Eva entfernt auf dem Sofa saß, fixierte seine Schuhspitzen, als gäbe es nichts Interessanteres auf der Welt. Am anderen Ende saß Eva und sah ihn an. Sie holte tief Luft und rückte vorsichtig näher. Dann berührte sie ihn leicht mit den Füßen. So einfach würde er ihr nicht entkommen. Er hob den Kopf, sein umwölkter Blick erfüllte sie mit Mitleid und Ärger. Sie rückte noch ein Stück näher.

»Lassen Sie den Quatsch.«

»Wie du meinst«, sagte sie und schlang ihre Arme um seinen Hals, suchte mit ihren Lippen seinen Mund.

Lascano schloss die Augen. Ihr Duft stieg ihm zu Kopf, er spürte ihren Busen an seiner Brust. Sein Mund öffnete sich den Liebkosungen ihrer Zunge, sein Körper, der so lange ohne Zärtlichkeit gewesen war, so viele einsame Nächte erlebt hatte, wurde mit einem Mal ganz weich. Er spürte Hände auf sich, die nicht seine Hände waren, Hände, die ihn auf vielfältige Weise überraschten – wohin würden sie jetzt wandern? Er hatte das Gefühl zu fliegen, klammerte sich an diese Frau, die ihm rezitierend antwortete:

… und dann bat ich ihn mit den Augen, er solle mich
noch mal fragen, ja
und dann fragte er mich, ob ich wolle, ja
und ich schlang meine Arme um ihn, ja
und zog ihn herab zu mir, damit er den Duft meiner Brüste
einsog, ja
und sein Herz spielte verrückt,
und ja, sagte ich, ja, ich will, ja.

Und endlich fühlte er sich wieder als Mann, schon waren sie nackt, ihre Haut berührte seine Haut, sie rieben sich aneinander, erschauderten, lösten sich für einen Augenblick aus ihrer Umarmung, um das Licht der Lampen zu dämpfen, damit sie einander im Halbdunkel besser erkennen konnten, eine Trennung, die sie, so kurz sie auch war, an so viele andere Trennungen erinnerte, und fieberhaft drängten sie darauf, einander wiederzufinden, sich zu vereinen, den süßen Schmerz auf dem Gesicht des anderen zu entdecken – wer war wer in diesem Moment? Er war ihr Mann, sie seine Frau, sie waren Körper aus Fleisch und Blut, Körper, die einen Duft nach Meer, nach plötzlichem Gewitter, nach feuchtem Sand verströmten. Sie wollten sich ineinander verlieren, tiefer eintauchen in das verlorene Paradies, sich fühlen, sich sterben fühlen. Töte mich, sagte sie, du bist dabei, mich zu töten, umarme mich, fester, lass mich nie wieder los, du bist hier, du bist real, es gibt nichts Realeres als diese Lust, als diesen Schmerz, als den Regen und die Erde, die Erde, die uns alle verschlingen wird, doch in diesem Augenblick besingt sie die Feuchtigkeit, wir stehen im Freien, ungeschützt, befinden uns auf der Zielgeraden, wo Ohnmacht und Sinnesverwirrung eins sind, ich rieche, berühre, fühle, fühle mich.

Allmählich wurde die Umarmung lockerer, die Seelen kehrten in ihre Körper zurück, hinterließen beim anderen

Narben der Liebe und Spuren der Einsamkeit. Sag nie, ich liebe dich.

»Lascano, ich muss dir was sagen.«

»Sag.«

»Ich bin schwanger.«

»So schnell?«

14

Amancio stellte sein Auto in einer Seitenstraße ab. Die Nacht war so kalt wie der Zorn, der nach dem Streit mit Lara in ihm loderte. Langsam ging er vor bis zur nächsten Straßenecke. Wie Peitschenhiebe trafen ihn die Blaulichter der beiden Ford Falcon, die auf der gegenüberliegenden Seite in zweiter Reihe standen. Unwillkürlich wich er zurück, hielt sich im Schatten der Platanen. An einem der Wagen lehnte ein junger Mann in Zivil, sein Gewehr schussbereit in der Hand. Hinter ihm bewachte ein weiterer Mann, mit einer Pam bewaffnet, den Eingang eines Wohnhauses.

Amancio erschauderte. Er erinnerte sich sehr genau daran, wie nervös diese Maschinenpistolen auf die kleinste Erschütterung reagierten. Einmal war ihm eine losgegangen, als Giribaldi ihn auf einem Übungsgelände der Armee hatte schießen lassen. Die Schüsse hatten sich einfach so gelöst, ohne dass er etwas getan, ohne dass er den Abzug auch nur berührt hätte. Völlig unkontrolliert hatte die Pam Kugeln ausgespuckt. Er konnte von Glück sagen, dass er dabei weder sich selbst noch einen der Umstehenden verletzt hatte. Seit jenem Zwischenfall hegte er dieser Waffe gegenüber eine Mischung aus Respekt und Groll. Auch hörte er immer noch, wie Giribaldis Militärfreunde ihn auslachten, weil er sich so erschrocken hatte.

In diesem Augenblick traten vier bewaffnete Kerle aus dem Gebäude und trieben einen Mann und eine Frau vor sich her, wie zwei Stück Vieh. Der Mann tastete sich mit unsicheren Bewegungen voran, er schien blind zu sein. Vor dem ersten Wagen ließen seine Häscher ihn los.

»Steig ein«, brüllte jemand, offenbar der Leiter der Operation.

Verzweifelt streckte der Mann die Arme in die Luft, einer der Schergen rempelte ihn grob, so dass der arme Teufel gegen die Wagentür stolperte. Alle lachten. Amancio wunderte sich, dass es anscheinend auch blinde Subversive gab, aber gut, man wusste ja nie. Schließlich stießen die Männer des Einsatzkommandos den Blinden brutal in den Wagen und zwängten ihn zwischen den Vordersitzen und der Rückbank auf den Boden. Die Frau verfrachteten sie in das zweite Auto. Gleich darauf rasten die beiden Ford Falcon wieder davon. Bevor sie die Straßenecke erreichten, sah Amancio, wie die magnetischen Blaulichter von den Dächern genommen wurden.

Als die Luft wieder rein war, ging Amancio hinüber zu dem Haus, in dem Biterman sein Büro hatte. Mit dem Schlüssel, den Horacio ihm gegeben hatte, verschaffte er sich Zugang zu dem Gebäude. Im Treppenhaus schlug ihm der Geruch nach Essen entgegen, nach etwas Frittiertem, das ihn ekelte. Mit grimmiger Entschlossenheit betrat Amancio die Fahrstuhlkabine, und während sich der Aufzug ratternd nach oben bewegte, spürte er plötzlich ein wildes Pochen in den Schläfen. Der Alkohol, den er sich so reichlich genehmigt hatte, um sich Mut zu machen, trübte ihm nun den Blick; die Wut auf Lara steckte ihm noch in den Knochen – nicht eben optimale Voraussetzungen für das, was er vorhatte. Er fühlte sich unsicher, sein Atem ging schnell und flach. Als er im vierten Stock ankam und vorsichtig die Tür zu Bitermans Wohnung öffnete, entgingen ihm abermals die Blicke der Nachbarin, die ihn durch den Spion beobachtete.

Der Geldverleiher saß an seinem Schreibtisch und war gerade dabei, seine Abrechnungen durchzugehen, als sich Amancio plötzlich mit einer Pistole in der Hand vor ihm aufbaute. Ungerührt linste Elías Biterman über den Rand seiner Lesebrille.

»Was machen Sie hier? Wie sind Sie überhaupt hereingekommen?«

»Das kann dir egal sein. Ich bin gekommen, um meine Schulden zu tilgen. Los, gib mir die Schecks zurück.«

»Schon gut, schon gut. Nur nicht nervös werden. Ich habe sie hier. Machen Sie keine Dummheiten.«

»Los, Schublade auf, schön langsam mit der linken Hand, die rechte auf die Schulter.«

»Sie wollen die Schecks, ich gebe sie Ihnen.«

»Dann rück sie endlich raus!«

Ohne den Eindringling auch nur eine Sekunde aus den Augen zu lassen, zog Biterman die Schublade auf. Amancio spürte, wie ihm die Hitze ins Gesicht schoss. Er konnte nicht sehen, was sich in der Schublade befand, und stellte sich auf die Zehenspitzen, um sich zu vergewissern, dass der Jude dort keine Pistole versteckt hatte. Biterman registrierte sofort, dass Amancio nicht mehr auf ihn zielte, und fackelte nicht lange. Wie ein wildes Tier brüllte er seinen vor Entsetzen gelähmten Schuldner an und schlug ihm mit einem gezielten Hieb seiner Pranke die 9-Millimeter aus der Hand. Dann stieß er den Schreibtisch beiseite, wobei eine riesige Konfettiwolke aufwirbelte, stürzte sich mit aller Kraft und seinem ganzen Gewicht auf Amancio und riss ihn zu Boden. Verzweifelt versuchte Amancio sich zur Wehr zu setzen, doch Biterman hatte ihn mit einem schmerzhaften Hebelgriff außer Gefecht gesetzt. Angewidert drehte Amancio den Kopf zur Seite, als das Büffelgesicht des Geldverleihers dicht über ihm schwebte. Er spürte, wie Biterman ihn beim Reden bespuckte, sah das höhnische Grinsen des Juden, während er sich weiter vergeblich aus den Klauen seines Gegners zu befreien versuchte. Er fühlte sich wie eine zertretene Ameise. Stechende Krämpfe marterten seine Beine.

»Du dachtest wohl, du könntest mich mit deiner lächerlichen Pistole erschrecken, du dämlicher Trottel. Die stecke ich dir jetzt in den Arsch, damit du was lernst.«

»Schon gut …«, keuchte Amancio.

»Schon gut? Ich zeig dir, was gut ist, du kleiner Idiot. Was für ein Weichei. Du kannst froh sein, dass ich Geschäftsmann bin. Wenn ich dich töte, sehe ich mein Geld nie wieder.«

Unvermittelt schlug Biterman ihm mit den flachen Händen brutal auf die Ohren, um ihn für ein paar Sekunden auszuschalten. Er hob die Pistole auf, sprang hoch und trat ihm in die Rippen. Amancio schnappt nach Luft wie eine Sardine an Land.

»Übrigens, dieser kleine Vorfall hat deine Schulden verdoppelt, und außerdem ist deine Frist abgelaufen. Und jetzt sage ich dir, was wir tun werden. Gleich morgen früh rufst du den Notar an und bringst ihm die Besitzurkunde von La Rencorosa. Die Estancia gehört jetzt mir.«

»Aber Biterman …«

»Für dich Señor Biterman.«

»Mach doch keinen Quatsch …«

»Du meinst, ich mache Quatsch?«

»Nein, nein.«

»Schon besser. Aber sicher ist sicher.«

Er sah Amancio an wie ein Insekt und gab ihm einen Moment Zeit, um wieder zu Atem zu gelangen. Endlich gelang es Amancio, sich hustend auf dem Boden aufzurichten. Elías Biterman konnte ihn dort unten nach Belieben treten oder schlagen, sollte er auf dumme Gedanken kommen. Amancio war erstaunt über die Veränderung, die in dem Juden vorgegangen war: Seine Augen brannten wie die eines wilden Tiers, der Mund war zu einem unheimlichen Lächeln verzerrt, die Zähne sahen strahlend weiß aus, die Eckzähne messerscharf. Seine bedrohliche Muskulatur blieb weiterhin angespannt, obwohl er wieder beinahe so gleichmütig wirkte wie sonst. Eingeschüchtert behielt Amancio die großen Füße und Hände seines Peinigers im Auge, während er sich die schmerzenden Rippen rieb. Als Biterman sich bückte, um etwas vom Boden aufzuheben, zuckte Amancio instinktiv zusammen. Biterman hatte die konzentrierte Haltung eines Boxers, der seinen Gegner zu Boden gehen sieht.

»Keine Angst, ich will dir nur diese Blätter geben. Setz dich bequem hin und unterschreib, bei dem einen am Rand, beim anderen unten.«

»Blanko? Und wenn ich mich weigere?«

»Dann wirst du mit den Füßen voraus hier rausgetragen.«

»Wo soll ich unterschreiben?«

»Da, und dann noch dort ... gut. Gib mir jetzt die Blätter ...«

»Zufrieden? Kann ich jetzt gehen?«

»Noch eins. Wie bist du hier reingekommen? Du Arschloch, begreifst du nicht, dass ich dich in der Hand habe? Sag schon! Wie bist du hier reingekommen?«

»Horacio ...«

»Der andere Wurm. Dachte ich mir's doch.«

Biterman packte Amancio am Revers und zog ihn hoch. Er stieß ihn so hart gegen die Wand, dass eine Braue aufplatzte, Blut rann ihm über die Augen. Dann wirbelte der Wucherer ihn herum wie ein Puppe und trieb ihn vor sich her. Amancio war dermaßen schwindlig, dass er seltsam tänzelnd aus dem Zimmer stolperte. Ein weiterer Stoß, und er knallte gegen die Wohnungstür und stürzte zu Boden. Gewaltsam riss Biterman die Tür auf, so dass sie gegen Amancio krachte, packte seinen Schuldner am Hosenboden und schleuderte ihn gegen die Wand des Flurs. Die Kalkfarbe biss Amancio ins Gesicht. Elías baute sich vor ihm auf, nahm das Magazin aus der Waffe und steckte es sich in die Tasche. Dann rieb er die Pistole sorgfältig mit einem Taschentuch ab. Die Erfahrung hatte ihn nicht nur gelehrt, Waffen zu hassen, sondern auch die Klugheit, sie nie zu benutzen. Als er alle Spuren abgewischt hatte, warf er Amancio die Pistole ins Gesicht. Der konnte sie gerade noch mit den Händen abwehren. Die 9-Millimeter fiel ihm zwischen die Beine.

»Nimm, Kleiner, und geh Cowboy spielen.«

Der Knall von Bitermans Wohnungstür hallte im Treppenhaus nach. Amancio Pérez Lastra blieb allein auf dem Treppenabsatz zurück und spürte jeden einzelnen der Schläge, die er abbekommen hatte. Mühsam rappelte er sich auf. Während er sich hochkämpfte, verwandelte sich seine Angst in Wut. Er dachte an alles, was nun passieren würde. Er hatte La Rencorosa verloren, und wenn die anderen Gläubiger erfuhren, dass er das Landgut nicht mehr besaß, und sie würden es sehr bald erfahren, dann würde der Deckel vom Topf fliegen, und er hätte jede Menge Strafverfahren am Hals. Schon sah er vor sich, wie Lara ihm zum Abschied winkte, während man ihn in Handschellen abführte. Er musste etwas tun. Als er jedoch nur einen kleinen Schritt machte, schoss ein heftiger Schmerz durch sein verdrehtes Bein. Missmutig lehnte er sich an die Wand, die Kalkfarbe kämmte graue Strähnen in seinen schlecht sitzenden blauen Anzug. Am liebsten hätte er heulen und schreien mögen. Er suchte nach einem Taschentuch, um sich das Blut abzutupfen, dabei stieß seine Hand gegen die letzte Patrone aus der Schachtel. Er hob die Pistole auf, löste die Sicherung und schob die Patrone in die Kammer. Dann zog er das Jackett aus und wickelte es um die Waffe. Schließlich humpelte er mit zusammengebissenen

Zähnen den halben Meter bis zu Bitermans Tür und klopfte zwei Mal laut dagegen. Er hörte, wie sich Schritte näherten, trat zurück und hielt die in das Jackett gewickelte Pistole vor seinen Körper. Langsam ging die Tür auf, und Bitermans mächtige Gestalt füllte den Rahmen. Amancio kniff die Augen zusammen und drückte ab. Ungläubig schaute Biterman auf seinen Bauch hinunter, hob dann den Blick, sprang unvermittelt nach vorn und packte Amancio am Hals. Die beiden Männer stürzten zu Boden. Wie eine Zange klemmten Elías' Hände Amancio die Luft ab. In wilder Verzweiflung schlug Amancio um sich, doch der Druck ließ nicht nach. Er spürte, wie ihm die Kräfte schwanden, gleich würde er ohnmächtig werden. Plötzlich aber riss Biterman die Augen auf, ein dünner Faden Blut sickerte aus seinem halbgeöffneten Mund. Erstaunt hielt er inne, verzog sein Gesicht, seine Hände lösten sich, sein Kopf sank Amancio auf die Brust. Er stieß einen tiefen kehligen Laut aus, bevor seine Muskeln erschlafften und er in sich zusammensackte.

Amancio rang nach Luft. Mühsam befreite er sich von der Last des leblosen Körpers und erhob sich taumelnd. Im Treppenhaus ging das Licht an, ächzend setzte sich der Fahrstuhl in Bewegung. Hastig packte Amancio Elías an den Beinen, schleifte ihn in die Wohnung, machte die Tür zu und ließ sich auf einen Stuhl sinken. Keuchend starrte er die Leiche an, versuchte tief durchzuatmen. Als er sich wieder einigermaßen bei Kräften fühlte, stand er auf und ging ins Bad. Als er sein Gesicht im Spiegel erblickte, zuckte er zusammen: Es war überall verbeult und mit Schürfwunden übersät. An seinem Hals zeichneten sich noch die Druckstellen der Finger des Geldverleihers ab. Mit einem leisen Stöhnen drehte er den Hahn auf, ließ sich kaltes Wasser über das Gesicht laufen und tupfte sich vorsichtig mit einem Handtuch das Blut ab, das immer noch aus der Wunde an seiner Braue quoll. Amancio presste das Tuch auf die Verletzung und ging zurück in die Diele, um sich zu vergewissern, dass Biterman wirklich tot war. Was sollte er jetzt tun? Er dachte eine Weile nach, und plötzlich fiel ihm eine Lösung ein. Natürlich! Erleichtert brach er auf.

Als er auf die Straße trat, sog Amancio gierig die kühle Nachtluft ein. Sie tat ihm gut, er hatte das Gefühl, dass sie ihm ein wenig von seiner ohnehin leicht zu erschütternden Fassung wiedergab. Doch er zitterte noch, und sein Puls raste. Nach ein paar Schritten ließ er sich auf einer Treppenstufe nieder, um sich vollständig wieder in den Griff zu bekommen.

Vor dem Gebäude, aus dem sie den Blinden und die Frau gejagt hatten, parkte nun ein weißer Mercedes 1518. Auf den Türen des Lastwagens verdeckten zwei abgerissene Papierfetzen recht dürftig die Insignien der Kriegsmarine. Unter dem wachsamen Blicken eines aufgeblasenen Hauptmanns mit blonden Haaren trugen mehrere Rekruten geschäftig Möbelstücke, einen Kühlschrank, einen Fernseher, Geschirr und allerlei Küchenutensilien aus dem Haus und wuchteten sie auf die Ladefläche.

Möglichst unauffällig schlenderte Amancio bis zur Straßenecke vor und vergewisserte sich, dass sein Auto noch dort stand, wo er es abgestellt hatte. Dann überquerte er die Straße, betrat ein Café und steuerte auf den Münzfernsprecher zu. Der Spanier, der mit einem Lappen mechanisch über den Sperrholztresen wischte, rief ihm zu:

»Vergessen Sie's. Die Reparatur habe ich schon vor drei Monaten beantragt. Wenn Sie mir den Anruf zahlen, können Sie das Telefon hier benutzen.«

»Vielen Dank.«

Der Kellner stellte den Apparat auf den Tresen und musterte seinen Gast. Der Kerl sah so aus, als ob er gerade eine gehörige Tracht Prügel kassiert hätte. Aber da ihn das nichts anging, zog er sich diskret zurück und begann die Tische abzuwischen, als hätten sie es nötig gehabt.

»Hallo, Giri … Amancio … Nichts … Alles schiefgegangen … Der Russe war gar kein Hosenscheißer … Ich musste ihn erledigen … Ja … Was soll ich jetzt tun? … Mach keinen Quatsch, ich brauche dich … Kannst du vorbeikommen? … In einem Café an der Irigoyen, Ecke Pinchincha … Ja, direkt an der Plaza … Beeil dich. Ich warte auf dich … Okay.«

Als er aufgelegt hatte, suchte Amancio sich einen Tisch am Fenster, von wo aus er Bitermans Haus und die Rekruten im Auge hatte, die immer noch damit beschäftigt waren, den Militärtransporter zu beladen, jetzt mit Bildern und Teppichen. Er orderte einen Gin, und im Handumdrehen stellte der Spanier ein dickwandiges, bis an den Rand gefülltes Glas vor ihm ab. Amancio leerte es in einem Zug und bestellte einen weiteren Drink. Das Zeug wärmte ihm die Speiseröhre, allmählich ließ das Zittern nach. Ebenso die Schmerzen. Allerdings kündigte sich eine Migräne an, die er mit einem dritten Gin zu bekämpfen hoffte.

Bis auf die Marinesoldaten war die Straße menschenleer. Voller Genugtuung dachte Amancio, dass bei dem Geldverleiher bestimmt schon der Verwesungsprozess eingesetzt hatte, dass die Würmer ihn bald aufgefressen hätten. Die Leiche musste verschwinden, das war im Augenblick das vordringlichste Problem, das er zu lösen hatte. Er könnte sie auch einfach liegenlassen, sollte Horacio sich doch darum kümmern, schließlich … Aber er traute ihm nicht. Die Polizei würde ihn nur ein bisschen in die Zange nehmen müssen, und schon würde Horacio singen wie eine Lerche, davon war Amancio überzeugt. Oder er würde den Unschuldsengel spielen und ihm den Schwarzen Peter zuschieben. Für den Fall aber, dass es kein Corpus delicti gab, konnte es auch keine Verurteilung geben, selbst wenn sie ihm auf die Schliche kommen sollten. Ja, der Jude musste verschwinden. Durch seinen Tod hatte sich Pérez Lastra immerhin das Problem mit den Schecks vom Hals geschafft ... Apropos, er musste sie unbedingt holen, und auch diese Blätter, die er unterschrieben hatte. Er tastete seine Hosentaschen ab, seufzte erleichtert auf; die Schlüssel, die Horacio ihm gegeben hatte, waren noch da. Giribaldi würde schon wissen, was mit der Leiche zu tun war.

Mit dem vierten Glas Gin überfiel ihn eine warme Schläfrigkeit. Auf einmal kam ihm Gretchen in den Sinn, seine Cousine, die bereits mit vierzehn so appetitliche Brüste gehabt hatte. Ihre gemeinsamen Ausritte auf den Ländereien seines Onkels in Tapalqué. Wie seine Cousine im Galopp durch die Niederungen geprescht war, wie ihre Brüste dabei auf und ab hüpften. Wie sie sich dann an einen Baum gelehnt hatte und sich von ihm, dem Zwölfjährigen, auf den Mund küssen ließ. Sie seien jetzt zusammen, hatte sie damals gesagt, aber heimlich, weil die Kinder von Cousins mit einem Dachschaden zur Welt kämen, also dürfe niemand was erfahren. Während des Abendessens hatten sie sich übermütige Blicke zugeworfen, und noch später, als er unter der Bettdecke lag, hatte Amancio sich angefasst und dabei vorgestellt, dass Gretchen im Nebenzimmer das Gleiche tat und an ihn dachte.

Plötzlich klopfte es an die Fensterscheibe. Jäh schreckte Amancio aus seinen Tagträumereien hoch, als er einen Mann in Uniform erblickte. Erleichtert stellte er fest, dass es Giri war, und bedeutete ihm hereinzukommen.

Der Major bestellte eine »Leche submarino«, heiße Milch mit einem Stück Schokolade, und sagte mit Blick auf den Marine-Lastwagen: »Sieht ganz so aus, als würde da jemand umziehen.«

»Ja, sieht ganz so aus«, pflichtete Amancio ihm abwesend bei.

»Was ist passiert?«, fragte Giri. »Du siehst schlimm aus.«

»Als er die Waffe gesehen hat, ist er ausgerastet und hat sich auf mich gestürzt.«

»Diese Juden werden immer frecher.«

»Da sagst du was ... Irgendeine Idee, wie ich aus der Sache rauskomme?«

»Hör zu, ich kann dir im Augenblick nicht helfen, da ich mich noch um eine dringende andere Angelegenheit kümmern muss.«

»Na toll.«

»Lass mich kurz nachdenken. Bist du mit dem Auto da?«

»Steht hier um die Ecke.«

»Gut. Pack die Leiche in den Kofferraum und fahr sie ein bisschen spazieren. Kennst du die Straße, die den Riachuelo entlangführt?«

»Ja, die haben wir doch immer genommen, um zum Autodrom zu fahren.«

»Genau die. Also, dorthin werden wir demnächst so ein paar Halbstarke schaffen. Auf der Strecke kommt irgendwann eine ziemlich verfallene Wellblechhütte. Dahinter führt ein Pfad durch ungenutztes Weideland, dem folgst du ein Stück. Irgendwann wirst du über die beiden linken Vögel stolpern, leg deinen Juden einfach dazu.«

»Und dann?«

»Du fährst nach Hause. Ich werde dafür sorgen, dass die Leichen verschwinden.«

»Danke.« Amancio musste schlucken. »Du weißt gar nicht, wie dankbar ich dir bin.«

»Wozu sind Freunde da?« Giri klopfte ihm auf die Schulter. »Ich muss jetzt gehen. Pass auf, dass dich niemand sieht. Die sind hier bald fertig. Sobald sie weg sind, schnappst du dir den Russen und fährst ihn spazieren. Gegen sieben lädst du ihn an der Stelle ab, die ich dir genannt habe. Sei vorsichtig, ja?«

»Ja, keine Sorge.«

»Übrigens, ich hab jetzt einen gut bei dir.«

»Alles klar.«

»Ciao, mein Lieber. Der Russe hat's dir aber ganz schön gegeben, was?«

»Kannst du mir ein bisschen Geld leihen, damit ich bezahlen kann?«

»Wie? Ich soll dir auch noch Geld leihen?«

»Komm schon, sei nicht so.«

»Hier ... Jetzt hab ich aber schon zwei bei dir gut.«

In seiner makellosen Uniform verließ Giribaldi das Lokal. Amancio sah dem Major nach, wie er in sein Auto stieg und mit quietschenden Reifen davonfuhr. Dann beobachtete er noch eine Weile das unermüdliche Treiben der Soldaten, die den Transporter vollluden, verlangte schließlich die Rechnung, zahlte und brach auf. Wie ein Peitschenhieb traf ihn ein Windstoß, als er ins Freie trat und die Straße überquerte.

Mit einem Frösteln betrat er die Wohnung Bitermans. Der Gedanke daran, dass hier eine Leiche lag, eine Leiche, die er fortschaffen musste, ekelte ihn. Er überlegte kurz, riss dann ruckartig einen Vorhang samt Schnur herunter und wickelte den Toten darin ein. Schnaufend ließ er sich neben dem fest mit der Kordel verschnürten Paket zu Boden sinken, während sich der Stoff mit Blut tränkte. Jetzt bloß einen kühlen Kopf bewahren. Schwankend erhob Amancio sich wieder, öffnete die Wohnungstür, trat hinaus ins Treppenhaus, holte den Fahrstuhl. Mühsam schleppte er die Leiche zum Aufzug, und ebenso mühsam zerrte er sie in die Kabine. Ratternd setzte sich der Fahrstuhl in Bewegung. Was war das? Regte sich da etwas unter dem Vorhang? Amancio glaubte ein Stöhnen zu hören. Entsetzt trat er gegen die Stelle, wo er den Kopf des Geldverleihers vermutete. Schon hielten sie im Erdgeschoss. Schwitzend stieg Amancio aus und schob das innere Gitter des altmodischen Aufzugs zu. Mit der einen Hand löste er die mechanische Sperre, die verhindern sollte, dass der Fahrstuhl bei geöffneter Tür losfuhr, mit der anderen drückte er auf irgendeinen Knopf. Rasch zog er die Hand zurück, als der Fahrstuhl losfuhr, und blickte ihm einen Moment nach. Dann ließ er die Sperre wieder einrasten, und der Fahrstuhl mit seiner makabren Last kam ächzend zwischen zwei Stockwerken zum Stillstand. Mit dem Griff seiner Pistole klopfte Amancio den Sicherungsstift fest, der die Tür blockierte, wenn sich der Fahrstuhl in einem anderen Stockwerk befand. Dabei entging ihm, dass ein Stück von einer Griffschale abbrach und zu Boden fiel. Er schob die Tür zu und hastete aus dem Gebäude. Als er merkte, dass er wieder zitterte, redete er sich ein, dass allein das Schleppen des schweren Leichnams daran schuld war. Er lief um die Ecke, stieg in seinen Wagen und legte den Rückwärtsgang ein. Sein zittriger Fuß rutschte von der Kupplung, das Auto machte einen Satz und stieß gegen den dahinter parkenden Lastwagen. Entsetzt sprang er aus dem Fahrzeug und musste feststellen, dass er eine Beule im Kofferraum hatte und eines der Rücklichter zersplittert war. Fluchend setzte er sich wieder ans Steuer, fuhr los, wendete und parkte direkt vor dem Hauseingang. Er blickte sich um, verschwand rasch im Gebäude und lief zum Aufzug. Mit letzter Kraft riss er die Tür zum Fahrstuhlschacht auf. Fiebrig löste er den blockierten Sicherungsstift, drückte den Rufknopf, und zu seiner Erleichterung kam die Kabine ohne Probleme nach unten. Er öffnete das Gitter, doch in diesem Moment hörte er jemanden von der Straße hereinkommen. Erschrocken sprang er in die Kabine, zog die Tür zu und hielt verzweifelt den Griff fest, damit sie niemand von außen öffnen konnte. Schritte. Jemand versuchte die Tür aufzumachen, klopfte ungeduldig. Schließlich nahm er fluchend die Treppe. Amancio öffnete vorsichtig, horchte, die Schritte entfernten sich. Er wagte sich zur Eingangstür vor, öffnete sie und fixierte sie mit einer Wäscheklammer, die glücklicherweise dort herumlag. Draussen war niemand zu sehen. Er öffnete den Kofferraum und beeilte sich, die Leiche zum Auto zu zerren. Als er sie mit unendlicher Mühe im Kofferraum verstaut hatte, spürte er einen Stich in der Brust; in einem Anflug nicht zu bezwingender Panik hatte er das Gefühl, sein Herz würde gleich explodieren.

Mit der Plane, die er in den Winternächten auf dem Land über sein Auto zu legen pflegte, bedeckte er die Leiche. Widerstrebend ging er noch einmal zurück, nahm die Wäscheklammer weg, krachend fiel die Tür ins Schloss. Amancio konnte kaum losfahren, so laut pochte ihm sein Herzschlag in den Ohren. Er schwitzte, im Rückspiegel starrten ihn seine unnatürlich weit aufgerissenen Augen an. Um sich abzukühlen, kurbelte er das Fenster herunter. Die Winterluft peitschte ihm ins Gesicht. Ein Schlagloch ließ krachend die Federung durchschlagen, das Lenkrad gab den Stoß ungedämpft an seinen geschundenen Körper weiter. Amancio bog in die Entre Ríos, fuhr langsam und möglichst unauffällig, immer in der Mitte der Avenida. Tief atmete er ein, zählte bis zehn, atmete aus, dann dasselbe noch einmal. Die Schecks, die Schecks! Verflucht, ich habe die Schecks vergessen! Es dämmerte. Er sah auf die Uhr. Gerade hatte er Vélez Sarsfield erreicht, umrundete die Brücke, schon fuhr er den Fluss entlang, dessen Wasser sich nicht zu bewegen schien. Er nahm sein parfümiertes Taschentuch heraus, hielt es vor die Nase, um den Fäulnisgestank zu mildern, und lenkte mit einer Hand. Er musste an seinen Vater denken, der immer den gleichen Witz erzählt hatte, wenn sie den Riachuelo überquerten: Atmet tief ein, Jungs, das ist gut für den Husten. Der Morgen war grau, er konnte keine zehn Meter weit sehen, der Nebel stand vor ihm wie eine Wand, an der sich das Licht seiner Scheinwerfer brach. Er schaltete die Lichter aus und fuhr langsamer. Keine Ahnung, wie zum Teufel ich bei so einer Sicht diese Hütte finden soll. Im selben Augenblick sah er sie, wie einen braunen, auf eine graue Decke geworfenen Pinselstrich. Er bremste, setzte langsam zurück, bis er die Hütte erreichte. Dann fuhr er quer über die Avenida und folgte im Schritttempo der Reifenspur. Kurz darauf konnte er am Rand zwei unförmige Bündel ausmachen. Zwei achtlos hingeworfene Leichen. Aufkommender Wind begann den Nebel wegzufegen. Der Kopf des Mädchens war von mehreren Geschossen vollkommen zerstört, Gehirnmasse überall auf den Resten ihres Gesichts verspritzt. Er spürte einen Brechreiz und wandte sich abrupt ab. Mehr wollte er nicht sehen. Er öffnete den Kofferraum und machte sich an die unselige Aufgabe, die Leiche herauszuwuchten. Er zog die Plane weg, dadurch verrutschte der Vorhang und gab den Blick auf den blutverschmierten Bauch des Juden frei. Angewidert zerrte Amancio an dem Leichnam, musste aber feststellen, dass der mit einem Arm unter dem Reserverad festklemmte, fast als wollte sich der Tote nicht von ihm trennen. Verzweifelt zog er mit letzter Kraft, erreichte aber nur, dass der Arm sich noch stärker verklemmte. Er nahm den Kreuzschlüssel, löste die Schraube des Reserverades, und schließlich gelang es ihm, den Arm freizubekommen und den halben Körper aus dem Auto zu hieven. Er packte ihn am Gürtel und zog. Die Schnalle ging entzwei. Wütend warf er das Lederstück weg, packte Elías an den Beinen und zerrte ihn aus dem Auto. Als er die Kordel aufknüpfte und die Leiche auswickelte, weil er den Vorhang nicht dalassen wollte, bemerkte er, dass der Körper bereits steif zu werden begann. Er rang nach Atem, knüllte den Stoff zusammen und warf ihn in den Fluss. Das Wasser durchtränkte ihn, er wurde fleckig. Langsam ging er unter, wurde zu einem Gespenst, verschwand gänzlich. Amancio ließ sich auf den Fahrersitz fallen und fuhr im Rückwärtsgang den Pfad zurück. Als er an der Avenida ankam, bemerkte er, dass sich ein Auto mit eingeschalteten Scheinwerfern näherte. Er bog auf dieselbe Spur ein und raste davon. Im Rückspiegel wurden die Lichter des anderen Wagens schnell kleiner, bis sie überhaupt nicht mehr zu sehen waren. Er drosselte die Geschwindigkeit und fuhr weiter bis zur General Paz. Das Einzige, woran er noch denken konnte, waren ein Whisky, ein Bad und ein Bett.

15

Lascano kam im Polizeipräsidium an, als sich die anderen Mitarbeiter bereits auf den Heimweg machten. Er wollte Berichte durchgehen, Akten durchforsten, solange kaum jemand mehr da war, der ihn beobachten konnte, damit er niemandem Rechenschaft über seine Nachforschungen ablegen musste. Zugleich war dies der Teil seiner Arbeit, der ihm am wenigsten behagte.

Nach fünf Stunden Lektüre verschwammen die Buchstaben vor seinen Augen, und nachdem er sich eine Zigarette nach der anderen angezündet hatte, fühlte sich seine Lunge an wie frisch geteert. Vom Präsidium ging er zu Fuß bis zum letzten Häuserblock der Diagonal Norte, wo er sein Auto abgestellt hatte. Am Cine Arte geriet er in die Menschenmenge, die aus der Spätvorstellung strömte. Während er sich einen Weg zwischen den angeregt plaudernden Grüppchen bahnte, nahm er aus den Augenwinkeln das Plakat für einen Film von Lina Wertmüller wahr. Plötzlich ließ ein gellender Schrei alle erstarren.

Auf der gegenüberliegenden Straßenseite hielt ein Ford Falcon in zweiter Reihe, daneben stand ein Mann mit einem Gewehr im Anschlag. Zwei weitere Männer kamen gerade mit gezogenen Pistolen aus einem Gebäude und zerrten einen jungen Kerl hinter sich her, der noch einmal laut schrie und sich dann verzweifelt losriss. Einer der Männer schlug nach ihm, verfehlte ihn jedoch. Der Junge rannte mitten auf die Straße, durch die Menge vor dem Kino, die Verfolger dicht auf den Fersen, stolperte, fiel hin, und sofort waren sie über ihm. Der Junge schrie seinen Namen. Einer der Männer schlug ihm brutal mit der Pistole auf den Kopf. Zu zweit schleppten sie ihn dann zu dem Falcon und stießen ihn hinein. Der mit dem Gewehr zielte wahllos auf die Umstehenden und knurrte etwas, das nicht zu verstehen war, aber von allen verstanden wurde; sogleich begann die Menge sich zu zerstreuen. Lascano blieb allein auf dem Gehweg zurück und blickte dem Ford Falcon nach, wie er in rasendem Tempo in die Libertad einbog und verschwand.

Dort, wo die Diagonal endete, hinter den üppigen Eukalyptusbäumen der Plaza Lavalle, ragte der erhabene Justizpalast empor – blind, schmutzig und stumm.

16

Lascano mochte die Außenbezirke von Buenos Aires. Sie brachten ihm die Gerüche seiner Kindheit zurück. Er kannte diese Gegenden und diese Leute wie sonst kaum jemand. Die Menschen hier hatten noch nicht ihre ländliche Art verloren, die aber angereichert war mit der städtischen Aura des Zentrums, das über die Panamericana nur zwanzig Minuten entfernt lag. Pfützen, streunende Hunde, eine Kneipe, in der Karten gespielt wurde. Um die Ecke Guigue, der Losverkäufer, der Karren des Flaschensammlers. Aber nicht nostalgische Gefühle führten Lascano an diesen Ort. Ein rostiges Blechschild, das über dem notdürftig aus Brettern zusammengenagelten Torbogen angebracht war, verkündete in verblassenden Buchstaben hochtrabend: Sägewerk La Fortuna. Das war die einzige Spur, die ihm die Leiche mit dem dicken Bauch geliefert hatte. Wie der Hauptdarsteller in einem Fernsehkrimi holte El Perro die Visitenkarte hervor und vergewisserte sich, dass dies der Ort war, an dem er das Ende des Fadens suchen musste, um das Knäuel dieses Verbrechens zu entwirren. Und er hatte sich nicht geirrt.

Er betrat das Gelände, immer darauf bedacht, den Schlaglöchern mit dem fauligen Wasser auszuweichen, in dem noch die von den Lastwagen verlorenen Holzspäne trieben. Das Kreischen der Säge wies ihm den Weg zu einem blonden Hünen im Overall, der gerade dabei war, ein Brett zu durchtrennen. Am Zeigefinger seiner rechten Hand fehlte das oberste Glied, und auf einem Auge mochte er blind sein; über die

Pupille zog sich ein Fleck wie eine weiße Gewitterwolke. Der Mann schien Lascanos Anwesenheit nicht zu bemerken, so sehr konzentrierte er sich auf den Rand des gerade zurechtgesägten Holzstücks. Plötzlich jedoch fragte er, ohne von seiner Arbeit aufzusehen:

»Wie kann ich Ihnen helfen, Kommissar?«

»Guten Tag.«

Lascano holte Bitermans Foto hervor und warf es auf die Sägebank.

»Wissen Sie, wer das ist?«

Der Riese kniff das gefleckte Auge zu und betrachtete mit dem anderen gleichgültig das Bild.

»Biterman.«

»Wie bitte?«

»Biterman, ein Geldverleiher.«

»Kennen Sie ihn?«

»Ist er tot?«

»So tot wie Gardel. Was hatten Sie mit ihm zu tun?«

»Als mir mal das Wasser bis zum Hals stand, hat er mir gegen einen Schuldschein Geld geliehen. Haben sie ihn also endlich umgebracht.«

»Woher wissen Sie das?«

»Wäre er an Grippe gestorben, dann wären Sie wohl kaum hier.«

»Wissen Sie, wer ein Motiv gehabt haben könnte, ihn zu töten?«

»Ja.«

»Wer?«

»Ich ... und das halbe Telefonbuch. Der Kerl war ein Arschloch. Ehrlich gesagt freue ich mich, dass er sich jetzt das Gras von unten ansieht.«

»Haben Sie ihn umgebracht?«

»Zum Glück ist mir jemand zuvorgekommen.«

»Wo waren Sie Dienstag Nacht?«

»Haben Sie die Kneipe gegenüber gesehen? Gehen Sie hin und fragen Sie dort. Ich hab mir angesehen, wie Galíndez diesen Norweger verprügelt hat. Außer dem Wirt und dem Kellner waren noch so an die zwanzig Leute dabei. Wir sind ziemlich lange geblieben.«

»Wie? Der Kampf wurde im Fernsehen übertragen?«

»Jetzt, wo Sie's sagen, nein, eigentlich haben wir ihn im Radio verfolgt. Bloß, dieser Kommentator …«

»Cafaretti.«

»Genau, Cafaretti, der hat das so lebendig beschrieben, dass man das Gefühl hatte, man wäre direkt am Ring dabei.«

»Haben Sie die Adresse von diesem Biterman?«

»Hab ich … Gladys!«

»Was ist?«

»Gib dem Herrn hier die Adresse von dem Russen.«

»Vielen Dank.« Lascano ging zu dem Mädchen hinüber, das ihn an der Tür des »Büros« erwartete. Noch einmal hörte er die kräftige Stimme des Schreiners.

»Wenn Sie den Täter finden, sagen Sie ihm, ich bezahle ihm den Anwalt.«

17

»Was soll diese Geheimnistuerei?«, fragte Lascano.

»Eine Überraschung.«

»Noch eine?«

»Ja«, lächelte Eva. »Aber diesmal eine andere. Komm.«

»Wohin?«

»Dorthin, wo du mich gefunden hast.«

Der Comisario blieb abrupt stehen. »Ins Bordell?«

»Genau.«

»Und was wollen wir da?«

»Das verrate ich dir, wenn wir dort sind.«

»Na, da bin ich ja mal gespannt«, brummte Lascano.

»Du musst mir eins schwören.«

Sie sah ihn mit großen, ernsten Augen an. In diesem Moment hätte er ihr alles versprochen.

»Ich habe während eurer Razzia etwas beobachtet, von meinem Versteck aus ... Das will ich dir zeigen.«

»Aha.«

»Es ist sehr wichtig.«

»Und was ist es, wenn man fragen darf?«

»Noch hast du nicht geschworen.«

»Du hast mir ja auch noch nicht gesagt, was ich überhaupt schwören soll.«

»Versprich mir, dass es uns beiden gehören wird. Nur uns beiden.«

»Worum geht es?«

»Versprich es mir.«

Lascano seufzte. »Also gut, ich verspreche es.«

»Schön, dann lass uns fahren.«

Die Straße war menschenleer. Rasch stiegen Lascano und Eva aus, liefen hinüber zu Tony Venturas Etablissement und rissen hastig die Papierstreifen von der grünen Tür, mit denen die Polizei den Ort versiegelt hatte.

»Wir machen uns strafbar, Eva.«

»Dass wir uns kennengelernt haben, war doch schon eine Straftat«, gab Eva ungerührt zurück.

Lascano schwieg und folgte ihr die Treppen hinauf, die zu dem Zimmer führten, in dem sich das als Verteilerdose getarnte Geldversteck befand.

»Mach die Augen zu!«

»Schon wieder?«, murrte der Kommissar.

»Nun mach schon.«

Der Comisario gehorchte widerwillig und hörte, wie Eva an der Wand herumkratzte.

»Überraschung!«, rief sie schließlich.

Lascano öffnete die Augen, vor ihm stand Eva und wedelte stolz mit zwei Bündeln Dollarscheinen.

»Was zum Teufel ist das?«, fragte er.

»Vogelfutter, siehst du doch.«

»Die Vögel scheinen ja ganz schön hungrig zu sein. Geradezu ausgehungert. Das müssen wir abliefern, Mädchen.«

»Du hast mir etwas versprochen, Lascano. Davon abgesehen … Bei wem sollten wir das Geld abliefern?«

»Bei der Justiz, zum Beispiel.«

»Welcher Justiz?« Eva lachte bitter auf.

»Jetzt komm mir nicht so«, schnaubte Lascano ärgerlich. »Das Geld gehört uns nicht.«

»Schau mal, hier steht's, das Geld gehört dem, der es in der Hand hält.«

»Ich sehe nichts.«

»Aber ich, also steck es ein, und vergiss nicht, dass es uns beiden gehört.«

Lascano ließ die beiden Bündel in der Innentasche seiner Jacke verschwinden. »Gut, von mir aus, überlegen wir später, was wir damit machen.«

»Unsere Zukunft sichern.«

»Lass mich in Ruhe darüber nachdenken.«

»Denk so viel nach, wie du willst. Verlass dich drauf, ich werde schon dafür sorgen, dass du zur Vernunft kommst. Jetzt muss ich allerdings erst mal zu deinem Freund, der mir die neuen Papiere macht.«

»Soll ich dich hinbringen?«

»Nein, ich gehe lieber zu Fuß.«

18

Lascano klemmte seinen Zigarettenstummel zwischen Daumen und Zeigefinger und schnippte ihn in die Bordsteinrinne, in der ein Rinnsal von trübem Wasser dahinsickerte. Der Pförtner des Gebäudes, auf das er zusteuerte, schien sich sofort im Klaren darüber zu sein, dass er einen Polizisten vor sich hatte. Umgekehrt wusste El Perro instinktiv, dass dieser abweisend blickende Mann, der für seine schmucke Uniform viel zu provinziell aussah, schon einmal gesessen hatte. Der Kommissar beschloss, ihn vorerst nicht zu befragen, und ging an ihm vorüber. Beide Männer taten so, als beachteten sie einander nicht, verfolgten aus den Augenwinkeln indes jede Bewegung des anderen.

Im Hausflur herrschte vollkommene Stille. Lascano trat in die Fahrstuhlkabine; als er jedoch die Ziehharmonikatür schließen wollte, klemmte sie. Irgendetwas in der Führungsschiene blockierte das Gitter. Mit einem Ruck zog er es wieder auf, bückte sich und hob ein dreieckiges Teilchen vom Boden auf, das offenbar im Weg gewesen war. Überrascht betrachtete der Comisario das raue Stück Plastik. Man konnte noch etwa ein Viertel des Lochs erkennen, das vermutlich für eine Befestigungsschraube vorgesehen gewesen war – dieser Splitter schien zur Griffschale einer Pistole zu gehören. Lascano ließ das Teil in seiner Hosentasche verschwinden und widmete sich wieder der Fahrstuhltür. Befriedigt stellte er fest, dass sie nun ohne Probleme zu schließen war.

»Guten Tag, ich bin Comisario Lascano.«

»Guten Tag. Womit kann ich helfen?«

»Señor Biterman?«

»Zu Ihren Diensten.«

»Sie sind Biterman?«

»Ja.«

»Ich suche einen anderen Biterman.«

»Meinen Bruder, nehme ich an.«

»Ist er da?«

»Nein, noch nicht.«

»Darf ich reinkommen?«

»Bitte.«

»Wann haben Sie ihn zum letzten Mal gesehen?«

»Am Dienstag, gegen Nachmittag.«

Während Horacio hinter ihnen die Tür schloss, holte Lascano das Polaroidfoto aus dem Leichenschauhaus hervor, drehte sich um und hielt es ihm vor die Nase. Er beobachtete Horacios Reaktion.

»Ist das Ihr Bruder?«

»Was ist passiert?«, fragte Horacio erschrocken.

»Er wurde ermordet.«

»Aber … Wie? … Wieso? … Wer?«

»Ich hatte gehofft, dass Sie mir diese Fragen beantworten könnten.«

»Ich … habe keine Ahnung, wer so etwas tun sollte«, stammelte Horacio. »Mein Bruder war überall beliebt, nie hätte er sich mit irgendwem angelegt.«

»Womit verdienen Sie hier Ihr Geld?«

»Finanzen.«

»Verstehe. Laufen die Geschäfte gut?«

»Ganz passabel, wir können nicht klagen.«

»Haben Sie die Firma mit Ihrem Bruder gemeinsam geführt?«

»Nein, ich war sein Angestellter.«

»Haben Sie was dagegen, wenn ich mich mal umsehe?«

»Muss das wirklich sein?«

»Ich kann auch mit einem Durchsuchungsbefehl oder mit zehn Polizisten wiederkommen, wenn Ihnen das lieber ist.«

»Nein, nein ... Nicht nötig, sehen Sie sich ruhig um.«

Lascano ließ die Hände in den Hosentaschen, während er die Räume inspizierte, um nicht aus Versehen etwas zu berühren. Das Büro war für seinen Geschmack etwas zu aufgeräumt. Sein Gefühl sagte ihm, dass es hier normalerweise nicht so aussah. Auf dem Schreibtisch entdeckte er ein Scheckheft des Banco de Crédito Comercial. Zudem fiel ihm auf, dass das Holz des Schreibtisches an einer Ecke abgesplittert war, offensichtlich erst seit kurzem, die Späne waren noch ganz frisch. Sein Blick wanderte aufmerksam weiter, blieb an der Wand haften, wo ein dunkler Fleck prangte, an dem sich ganz offensichtlich jemand vor nicht allzu langer Zeit mit Lappen und Scheuermittel zu schaffen gemacht hatte. Zu gern hätte er überprüft, ob die Stelle noch feucht war, doch da er Horacios Adlerblick in seinem Nacken spürte, verzichtete er darauf. Ein weiteres Detail ließ ihn stutzig werden: Die Schnur des Vorhangs war abgerissen, nur noch ein Stofffetzen hing daran. Lascano wandte sich um.

»Hatte er Familie?«

»Nur mich.«

»Feinde?«

»Soweit ich weiß, nein.«

»Nun denn, ich will Sie in diesem Augenblick des Schmerzes nicht länger belästigen. Aber ich werde sicher noch einmal auf Sie zurückkommen müssen.«

»Wann immer Sie wünschen, Comisario.«

»Könnten Sie mich im Leichenschauhaus treffen, um Ihren Bruder zu identifizieren?«

»Wann?«

»Passt Ihnen morgen um elf?«

»Ja.«

»Kennen Sie die Adresse?«

»Nein.«

»Viamonte 2151.«

»Ich werde da sein.«

An der Tür wandte sich Lascano noch einmal um: »Ach, sagen Sie, war Ihr Bruder eigentlich reich?«

»Nun, es ging ihm nicht schlecht.«

»Und wie steht es mit Ihnen?«

»Na ja, ich schlage mich so durch.«

Lascano schaute Horacio direkt in die Augen. Dann sagte er: »Bis morgen also, um elf.«

Als der Kommissar die Geschäftsräume der Biterman-Brüder verließ, war er überzeugt davon, dass Elías dort und nirgendwo anders seinen letzten Atemzug getan hatte.

Horacio hatte Angst, er verhielt sich wie jemand, der auf der Hut war. Für Lascano bestand kein Zweifel, dass er in den Mord an seinem Bruder verwickelt war – als Anstifter, Kopf oder Komplize. Wie immer lautete die entscheidende Frage: Wer profitierte von diesem Tod? Die Antwort war eindeutig: Horacio. Aber jemand musste ihm geholfen haben.

Und den will ich finden, bevor ich dem Bruder die Daumenschrauben anlege, dachte Lascano, während er auf den Fahrstuhl wartete. Plötzlich hörte er ein Geräusch. Er hustete zum Schein, um unauffällig zur Seite schauen zu können. Das Scharren kam aus der Nachbarwohnung der Bitermans. El Perro spürte, dass jemand dort hinter der Tür stand und ihn durch den Spion beobachtete. Er ging zwei Schritte auf die Wohnung zu, hastig wurde der Riegel vorgeschoben. Lascano klopfte sanft an, der Schatten von Füßen wurde unter der Tür sichtbar. Er lächelte, und vorsichtig ging die Tür auf. Eine kleine, energische Frau um die siebzig stand vor ihm; sie versuchte, ihre Aufregung zu verbergen. Ihre knochigen Hände umklammerten einen makellosen Putzlappen. Mit ihrem Geruch nach Chlorreiniger, dem blitzsauberen Kittel und den altmodischen Pantoffeln wirkte sie wie eine dem Fernsehen entstiegene Waschmittelreklame.

»Guten Tag, Señora. Ich bin Comisario Lascano.«

»Wie?«

»Ich bin Comisario Lascano von der Polizei.«

»Ah, entschuldigen Sie, ich höre nicht mehr so gut, die Rentenkasse hat mir mein Hörgerät noch nicht bewilligt. Dabei muss man heutzutage doch die Ohren offen halten …«

»Kann ich kurz mit Ihnen sprechen?«

»Und wie kann ich sicher sein, dass Sie tatsächlich von der Polizei sind?«

Lascano hielt ihr seine Marke unter die Nase.

»Zufrieden?«

»Bitte, treten Sie ein.«

Die Wohnung hatte zwei Zimmer, so wie das Büro der Bitermans. Alles in den Räumen zeugte davon, dass die alte Frau einen Reinigungstick hatte. Durch die Schlafzimmertür konnte der Kommissar die Plastikhülle sehen, die den Fernseher schützte, darauf ein kleiner Glashahn, der das Wetter vorhersagte, indem er seine Farbe änderte. Der Boden glänzte wie ein Spiegel. Hinter all dieser Reinlichkeit ließ sich ein tödlich langweiliges Leben erahnen – wahrscheinlich der Grund dafür, dass dieser Ort eine solche Friedhofsruhe ausstrahlte.

»Entschuldigen Sie die Störung.«

»Sie stören nicht. Nehmen Sie doch bitte Platz.«

»Danke. Leben Sie allein?«

»Ja. Ich bin Witwe. Mein Sohn wohnt in Comodoro Rivadavia. Er ist Ingenieur.«

»Da können Sie stolz sein. Kennen Sie Ihre Nachbarn, die Bitermans?«

»Kennen wäre zu viel gesagt, so wie man sich halt kennt. Ich begegne ihnen ab und zu im Treppenhaus. Der Jüngere ist sympathischer. Der Ältere grüßt nie. Für den scheinen alle anderen Luft zu sein.«

»Was können Sie mir über die beiden erzählen?«

»Na ja, sie wohnen nicht hier. Das ist nur ihr Büro. Aber wenn Sie wissen wollen, was die beruflich machen, da habe ich keine Ahnung. Ich weiß nur, dass dort ständig Leute ein und aus gehen. Manchmal klingeln sie auch bei mir. Aus Versehen.«

»Aha. Und diese Besucher, was sind das für welche?«

»Nicht mehr ganz jung, immer in Eile. Keiner bleibt länger als zehn oder fünfzehn Minuten. Fragen Sie mich nicht, worüber die reden, ich stecke meine Nase nicht in die Angelegenheiten anderer Leute. Jeder soll machen, was er will, das finde ich jedenfalls. Was ich aber wohl sagen kann, dass sich die beiden nicht riechen können.«

»Ach nein.«

»Doch, ganz bestimmt. Sie sehen ja selbst, wie diese neuen Gebäude sind. Wände wie aus Papier. Auch wenn man nicht will, bekommt man alles mit. Dabei bin ich halb taub. Wenn Sie wüssten …«

»Was haben Sie denn gehört?«

»Andauernd streiten sie sich in voller Lautstärke. Ich höre schon gar nicht mehr hin, aber ich musste doch ein paar Mal an die Wand klopfen, damit sie mit dem Gebrüll aufhören.«

»So schlimm?«

»Neulich Nacht haben sie furchtbar gestritten. Ich lag schon im Bett. Meiner Meinung nach haben sie sich sogar geprügelt. Ehrlich gesagt haben die mir richtig Angst gemacht.«

»Wann war das?«

»Warten Sie … am Dienstagabend.«

»Sind Sie sicher?«

»Ja, weil ich nämlich an dem Tag zum Zahnarzt musste.«

»Haben Sie auch etwas gesehen?«

»Na ja, ich bin aufgestanden und habe durch den Spion geguckt, aber da war alles schon wieder ruhig … Ich war vielleicht aufgeregt … Ich musste sogar eine Tablette nehmen, um wieder einzuschlafen.«

»Gut, vielen Dank für Ihre Hilfe.«

»Ist etwas Schlimmes passiert?«

»Das wissen wir nicht. Bei uns ist eine Beschwerde eingegangen, deshalb ermitteln wir jetzt. Wahrscheinlich nichts weiter als ein Streit unter Brüdern.«

»Ja, bestimmt.«

»Nun, dann will ich nicht länger stören.«

»Sie haben mich nicht gestört.«

»Ah, noch was. Ich würde Sie bitten, vorerst niemandem von unserer kleinen Unterredung zu erzählen.«

»Keine Sorge. Wenn Sie mich brauchen, stehe ich Ihnen gern wieder zur Verfügung.«

»Vielen Dank. Auf Wiedersehen.«

»Auf Wiedersehen.«

19

Der Weg zu Marracos Büro, das sich im sechsten Stock des Palacio de Tribunales befand, führte durch ein kompliziertes Labyrinth aus Gängen, die mit Regalen und Aktenordnern vollgestopft waren. Für Lascano war dies ein Sinnbild der Justiz: ein Meer aus Papieren, Fristen, Terminsachen, amtlichen Benachrichtigungen, Urkunden, Bekanntmachungen, Vermerken, Ablagen, Schreiben an die Staatsanwaltschaft, Schreiben an die Beisitzer, Tagen, die verstrichen, Ordnern, die immer dicker wurden, Anwälten, die immer mehr Korrespondenz über Beweisführungen und Untersuchungsberichte anhäuften und sich in Formalitäten ergingen – bis sich niemand mehr daran erinnern konnte, wo alles seinen Anfang genommen hatte, oder keiner mehr Lust hatte, sich durch drei oder vier Regale Akten zu arbeiten. Ein Krimineller, der über die entsprechenden Mittel verfügte, um sich einen gerissenen Anwalt zu nehmen, kam immer frei. Fehlte es ihm hingegen an Geld, durfte er sich unweigerlich darauf einstellen, die Tage einzeln zu zählen, während er seine Strafe absaß. Es blieb ihm jede Menge Zeit, um aus seinen Fehlern zu lernen – nicht umsonst hatten die Insassen das Gefängnis von Devoto »La escuelita« getauft, man konnte in dieser Schule tatsächlich eine Menge Dinge fürs Leben lernen.

Als Lascano an die halboffene Tür von Marracos Büro klopfte, war der Untersuchungsrichter gerade dabei, seinem Praktikanten zu zeigen, wie er welche Schreiben in die Aktenordner einzusortieren hatte und in welche Regale diese Ordner wiederum gehörten. Der junge Mann sah aus wie siebzehn und war ein Jurastudent, der seit einiger Zeit umsonst hier arbeitete, um irgendwann nach oben zu kommen. Ein aufgeweckter junger Mann, Lascano mochte den Burschen.

Der Kommissar nahm dem Richter gegenüber am Schreibtisch Platz und bewunderte die schnellen und präzisen Handgriffe, mit denen der Praktikant die Papiere klassifizierte und ablegte.

»Comisario, ich muss Ihnen gratulieren. Der Einsatz in der Gaspar Campos war ein voller Erfolg. Auch wenn der eine oder andere entwischt ist …«

»Zwei, um genau zu sein.«

»Was waren das für welche?«

»Ein Oberst und sein Adjutant.«

»Nun gut, aber Sie sind bestimmt nicht hier, um meine Glückwünsche entgegenzunehmen.«

»Nein, ich bin wegen einer anderen Sache gekommen, die ebenfalls in Ihren Bereich fällt. Die drei N.N. Zwei von den N.N. …«

»Warten Sie, Comisario.« Marraco bat seinen Gehilfen, ihm eine Akte zu reichen. Er blätterte in dem Ordner, dann schien er gefunden zu haben, was er suchte. »Hier, da steht es … Laut Bericht waren es drei.«

»Einer gehörte nicht dazu. Er heißt Biterman, Elías Biterman, ein Geldverleiher.«

»Davon wusste ich noch nichts. Bitte, bringen Sie mich auf den Stand der Dinge.«

»Ich habe einen Anruf erhalten, nachdem ein Lastwagenfahrer zwei Leichen am Riachuelo gemeldet hatte.«

»Was denn nun? Ich denke, es waren drei?«

»Das ist genau der Punkt: Der Mann sagte, zwei.«

»Aha, und?«

»Als ich eine Stunde später dort eintraf, habe ich drei Leichen vorgefunden. Möglicherweise hat er nur zwei gesehen, oder er war verwirrt. Möglich, aber wenig wahrscheinlich.«

»Wieso?«

»Bei zwei der Toten handelt es sich um junge Leute, denen man die Gesichter zerschossen hatte.«

»Was bedeutet das?«

»Das bedeutet, dass das Militär seine Finger im Spiel hatte.«

»Warum?«

Lascano räusperte sich. »Na ja, es ist so, dass jedes Mitglied eines Einsatzkommandos, jeder Einzelne, den Opfern in den Kopf schießen muss, damit sich auch ja alle die Hände schmutzig machen …«

»Soso …«

»Wie auch immer, jedenfalls kam mir dieser Biterman von Anfang an merkwürdig vor. Sein Kopf war unversehrt, er war wesentlich älter als die beiden anderen und ganz anders gekleidet. Außerdem waren die Leichen der beiden jungen Leute feucht vom Tau, während Bitermans Körper völlig trocken war.«

»Das sind allerdings erhebliche Unterschiede …«

»Das ist noch nicht alles. Als ich am Fundort ankam, fuhr gerade ein Auto weg. In dem Moment fand ich das nicht weiter bemerkenswert. Später aber habe ich mich gefragt, ob Bitermans Leiche nicht vielleicht in ebendiesem Auto dorthin geschafft worden war.«

»Eine Überlegung, die sich aufdrängt. Was haben Sie dann getan?«

»Das Übliche, ich habe die Toten ins Leichenschauhaus überführen lassen.«

»Lascano, Sie sind wirklich ein Polizist mit Herz und Seele.«

»Ist das ein Kompliment?«

»Eine Anerkennung. Jeder andere an Ihrer Stelle hätte die drei begraben, und die Sache wäre vergessen. Sie haben stattdessen Ermittlungen aufgenommen. Was haben Sie herausgefunden?«

»Zunächst konnte ich die Identität des Toten feststellen. Dann habe ich diskret den Bruder des Opfers verhört, einen gewissen Horacio Biterman, und eine Nachbarin.«

»Und?«

»Ich bin überzeugt davon, dass Horacio bis zum Hals in den Mord an seinem Bruder verstrickt ist.«

»Wieso glauben Sie das?«

»Biterman war reich. Horacio war sein Angestellter. Biterman war ein Geizhals. Horacio ist eine Art Playboy. Sie sind überhaupt nicht miteinander ausgekommen, und Horacio ist der Alleinerbe. Wir haben also ein Motiv.«

»Hat der Kerl ein Alibi?«

»Noch steht der genaue Todeszeitpunkt nicht fest. Aber ich wette, dass Horacio ein wasserdichtes Alibi hat. Die Rolle des bekümmerten Bruders habe ich ihm trotzdem nicht abgenommen ...«

»Was denken Sie?«

»Ich glaube nicht, dass er ihn selbst getötet hat, dafür scheint er mir zu zartbesaitet. Er muss also mindestens einen Komplizen gehabt haben. Ich arbeite weiter an dem Fall, noch sind einige Fragen zu klären.«

»Zum Beispiel?«

»Wer die Leiche an den Riachuelo geschafft hat und woher derjenige wusste, dass dort zwei andere Leichen lagen.«

»Könnte Zufall gewesen sein.«

»Mich wundert, dass ausgerechnet Sie von Zufall sprechen, Doktor … Mein erster Gedanke war, dass das Militär womöglich öfters an diesem Ort Leichen ablegt und der Täter davon wusste. Aber dann habe ich diese Idee verworfen, denn so etwas hätte sich auch bis zu mir herumgesprochen.«

»Sie denken also, dass Biterman woanders ermordet und schließlich dorthin geschafft wurde, um vorzutäuschen, dass die Militärs ihn auf dem Gewissen haben?«

»Ich glaube, dass jemand, der an der Hinrichtung der beiden jungen Leute beteiligt war, auch Bitermans Leiche dorthin gebracht hat. Oder aber dass jemand aus diesem Kommando Horacio oder seinem Komplizen die Information gesteckt hat.«

»Gut möglich. Lascano, Sie und ich wissen es, alle Welt weiß, wie es läuft. Überall werden Menschen getötet. Die Guerillakämpfer legen Bomben, verüben Attentate. Das Militär ist auch nicht gerade zimperlich. Wir können nichts dagegen unternehmen, das wissen Sie besser als ich. Beim Fall Biterman liegen die Dinge anders, da sind wir uns einig. Wenn darin allerdings Angehörige des Militärs verwickelt sein sollten, könnte auch diese Sache sehr schnell ungemütlich werden.«

»Bitermans Tod hat mit der Subversion oder wie man es nennen will nichts zu tun.«

»Schon möglich. Viele an Ihrer Stelle würden die Angelegenheit dennoch auf sich beruhen lassen. Bei all den Leichen – warum sollte man sich da um eine mehr oder weniger scheren?«

»Das ist mein Job.«

»Nun ja, wir leben in schrecklichen Zeiten.«

»Mir scheint, es herrscht eine totale Verwirrung. Auch ich bin verwirrt, das muss ich zugeben, ich weiß selbst oft genug nicht mehr, was ich denken soll. Aber wissen Sie was? Meine

Arbeit hilft mir, mich zu konzentrieren, weil ich dann ein Ziel habe. Hätte ich meine Arbeit nicht, würde ich verrückt werden.«

»Ich rate Ihnen nur eins, Lascano: Spielen Sie nicht den Helden. Diese Geschichte könnte sich als ausgesprochen unangenehm erweisen.«

»Soll ich die Ermittlungen einstellen?«

»Im Gegenteil, ich will, dass Sie weiter ermitteln. Aber ich muss Sie um eines bitten.«

»Gern.«

»Lassen Sie uns vorsichtig sein, gehen Sie diskret vor. Wenn Sie etwas herausfinden, besprechen Sie es zuerst mit mir, ehe Sie mit irgendwem sonst reden. Wir müssen behutsam vorgehen, sind wir uns da einig?«

»Wie Sie wünschen.«

»Ich bin erstaunt, wie schnell Sie in diesem Fall vorankommen.«

»Wissen Sie, entweder sind die Täter Stümper, oder sie fühlen sich unantastbar. Jedenfalls haben sie überall Fingerabdrücke hinterlassen.«

»Wahrscheinlich sind es Stümper, die sich unantastbar fühlen.«

»Sie sagen es.«

»Halten Sie mich auf dem Laufenden.«

»Sicher. Ich glaube, dass ich den Fall in wenigen Tagen aufgeklärt haben werde.«

Sie verabschiedeten sich mit einem Händedruck. Marracos Hand fühlte sich an wie eine Qualle mit manikürten Nägeln.

»Ciao, Junge«, rief Lascano dem Praktikanten zu. Der schaute kurz von den Akten auf, die er so fleißig sortierte, und lächelte. Überrascht stellte der Comisario fest, dass dieser Kerl Vatergefühle in ihm weckte.

Nachdenklich schaute Marraco dem Kommissar nach und nahm den Aktenordner in die Hand.

»He, Junge, geh mir mal Zigaretten holen«, sagte er dann.

Als er allein war, verstaute er die Akte in einer Schublade seines Schreibtischs, die er sorgfältig zuschloss.

20

»Hast du die Schecks?«

»Immer mit der Ruhe, Amancio. Ich hatte gestern Besuch von einem Bullen.«

»Was wollte er?«

»Sie haben Elías gefunden.«

»Aber das ist doch ...«

»Was hast du mit der Leiche gemacht?«

»Das geht dich nichts an. Ich habe sie an einen sicheren Ort geschafft.«

»So sicher war er offenbar nicht«, fluchte Horacio.

»Verdammte Scheiße! Ich weiß nicht, wie das passieren konnte.«

»Großartig. Und jetzt?«

»Was weiß denn ich!«, rief Amancio gereizt. »Okay, okay, lass mich überlegen ... Bloß nicht die Nerven verlieren.«

»Überleg so viel, wie du willst. Ich muss jetzt ins Leichenschauhaus, um meinen Bruder zu identifizieren. Der Bulle wird auch dort sein.«

»Wie heißt er?«

»Lezama.«

»Lezama, ja? Gut. Du sagst gar nichts, verstanden? Du hältst einfach den Mund.«

»Wie stellst du dir das vor? Der Tote ist mein Bruder, ich kann doch nicht einfach stumm dastehen. Außerdem entgeht diesem Kerl nicht das kleinste Detail. Er stellt sich dumm, dabei verfügt er über ein untrügliches Radar, das noch die geringste Schwingung empfängt. Ehrlich gesagt, die Sache fängt an zu stinken.«

»Halt die Klappe und sei nicht so ein Weichei. Von wem stammt denn die Idee, deinen Bruder unter Druck zu setzen? Von dir. Und wer hat behauptet, dass er sich in die Hose macht, sobald er nur eine Waffe sieht? Du. Als ich die Pistole auf ihn gerichtet habe, hat er sich auf mich gestürzt wie ein wildes Tier. Du hast mich angelogen, du miese Ratte, du wusstest ganz genau, was passieren würde. Du hast doch nur darauf spekuliert, dass ich ihn abknallen würde.«

»Aber Amancio, ich schwöre dir, dass ...«

»Ich pfeif auf deine Schwüre, ihr Juden seid falscher als Falschgeld! Du hast ihn ans Messer geliefert, du Judas!«

»Wenn ich dir doch sage ...«

»Tu mir den Gefallen und halt endlich die Klappe, euch kann man nicht trauen, das ist so sicher, wie es Jesus Christus gab und ihr ihn in den Tod geschickt habt.«

»He, bist du verrückt geworden? Wenn hier jemand ein Mörder ist, dann du!«

»Pass auf, dass du dir nicht die Zunge verbrennst, Kain! Und diesen Lezama überlässt du mir, ich biege das schon irgendwie hin. Du hältst einfach nur die Klappe, verstanden? Ich sage dir, was du zu tun hast.«

»Wie du meinst.«

»Also, als Erstes rückst du mal die Schecks raus und diese Blätter mit meiner Blankounterschrift.«

»Hör mal, ich dachte mir, ich behalte die Schecks noch so lange, bis ein bisschen Gras über die Sache gewachsen ist.«

»Du gibst mir jetzt die Schecks, und zwar ein bisschen plötzlich!«

»Wenn ich von dem Termin in der Leichenhalle zurück bin, okay?«

»Jetzt hör mal gut zu, du Scheißjude, du gibst mir jetzt sofort die Schecks, oder ich garantiere dir, dass du deinem Bruder bald Gesellschaft leisten wirst!«

Unvermittelt spürte Horacio den kalten Lauf einer Pistole an seiner Schläfe.

»Ist ja gut, reg dich ab … Hier … Hier hast du sie.«

»Schon besser. Also, kein Sterbenswörtchen, bis du weitere Anweisungen von mir erhältst. Ist das klar?«

»Klarer geht's nicht.«

Amancio steckte die Pistole wieder ein, marschierte zur Tür und knallte sie wütend hinter sich zu. Während er auf den Fahrstuhl wartete, spähte die Nachbarin heimlich durch den Spion.

Kurz darauf steckte Horacio noch einmal den Kopf zur Tür heraus.

»Amancio …«

»Was ist?«

»Hör zu, ich muss um elf dort sein. Danach komme ich zu dir, ich rufe dich vorher an.«

»Ich erwarte dich.

21

Fuseli stand im Hof vor der Leichenhalle und betrachtete interessiert den Himmel. Der Tag hatte sonnig und vielversprechend begonnen, aber dann waren, wie so oft in dieser Jahreszeit, Regenwolken aufgezogen. Das wütende Hupen der Autofahrer, die sich auf der Viamonte stauten, riss ihn aus seinen Himmelsbetrachtungen – was für eine Hektik doch in dieser Stadt herrschte! Mit einem Mal hellte sich sein Blick auf: Im Tor erschien die vertraute Gestalt Lascanos. Schwerfällig wie ein Bär schlenderte der Comisario dem Gerichtsmediziner entgegen.

Fuseli freute sich, wie immer, wenn er seinen Freund sah. In gewisser Weise rechnete er es sich als sein Verdienst an, dass Lascano überhaupt noch lebte, dass der Kommissar die Katastrophe, die mit Marisas Tod über ihn hereingebrochen war, überstanden hatte. Er war so etwas wie der sichere Hafen gewesen, aus dem Lascano wieder hatte aufbrechen können, ohne sich andauernd zu fragen, wohin. An diesem Tag allerdings war Fuseli nicht zu existentiellen Fragen aufgelegt. Das Leben bestand für ihn gerade aus dieser Erholungspause, die er sich im Hof gönnte, aus diesem Freund, der da auf ihn zukam. Ein Freund, der ihm etwas schulden mochte, aber auf eine Weise, die nie zu einer Verstimmung führen würde, sollte sie nicht beglichen werden.

»Grüß Gott, Graf Dracula.«

»Was macht die Unterdrückung, Perro?«

»Wird immer repressiver.«

»Hast du das bekommen, worum ich dich gebeten habe?«

»Hier, aus Kolumbien, angeblich das Feinste vom Feinsten.«

»Lass sehen.« Fuseli hielt sich das kleine Päckchen an die Nase. »Hmh, scheint echter Red point zu sein.«

»Ist das gut?«

»Ich würde sagen, wir probieren's einfach.«

Lascano beobachtete Fuselis Hände, geschickt zerbröselte sein Freund den Stoff, mischte ihn mit Tabak und drehte aus bestem Papier der Marke Gentleman einen perfekten, glatten Zylinder. Er befeuchtete den gummierten Rand des Blättchens mit der Zunge, ließ die Flamme seines alten Monopol-Feuerzeugs ein paar Mal über die geklebte Nahtstelle huschen, bis der dunkle Fleck, den sein Speichel hinterlassen hatte, vollständig verschwunden war. Schließlich steckte der Gerichtsmediziner sich den Joint zwischen die Lippen, zündete ihn an, nahm einen tiefen Zug, unterdrückte einen Schluckauf und blies Rauch aus.

Der herbe Geruch kitzelte Lascano in der Nase, während er schweigend die glänzenden Pflastersteine betrachtete und mit einem Mal den Eindruck hatte, angelnd am Meer zu stehen.

»Was ist los? Ich rauche, und du bist high?«

»Taugt das Kraut etwas?«

»Allerdings. Willst du mal ziehen?«

»Nein, danke. Sag mal, warum rauchst du dieses Zeug eigentlich?«

»Hör zu, Perro, ich arbeite den ganzen Tag mit dem Tod zusammen, von Angesicht zu Angesicht, verstehst du? Und der Tod duldet keinen Widerspruch, lässt sich nicht verdrehen und nicht umdeuten. Er ist die letzte Wahrheit, und wie wir beide wissen, ist die Wahrheit nicht jedermanns Sache. Also muss ich mich von Zeit zu Zeit erholen, und genau das tue ich gerade. Ein Joint, und schon geht's wieder.« Fuseli hielt inne und sah Lascano an. Dann meinte er: »Stimmt schon, das Kraut vernebelt einem die Sinne, aber es regt auch die Träume an. Letzten Endes brauchen wir doch alle irgendein Betäubungsmittel, und das ist eben meins … Wo wir schon mal dabei sind, welches ist deins?«

»Ich, mein Lieber, komme ohne Betäubungsmittel aus.« Lascano starrte in eine unbestimmte Ferne. »Ich muss dir was erzählen.«

Der Pathologe zog erstaunt eine Augenbraue hoch. »Nur zu.«

»Vor ein paar Tagen habe ich eine Razzia durchgeführt, in einem Bordell im Norden der Stadt. Ich habe sie alle mitgenommen, bis auf zwei Fische, die ich entwischen lassen musste. Am Ende bin ich ein letztes Mal durch alle Zimmer, habe das Haus noch mal komplett durchkämmt, und was finde ich?«

»Du wirst es mir verraten …«

»Eine Frau, die sich unter einem Tisch versteckt. Mich hat fast der Schlag getroffen … Das Mädchen sieht aus wie Marisa.«

»Ah, verstehe. Die Sache mit deinen Halluzinationen ist offensichtlich ziemlich fortgeschritten.«

»Ich habe auch zuerst geglaubt, ich hätte eine Erscheinung. Aber nein, ich schwöre dir, diese Frau ist aus Fleisch und Blut, und sie sieht genauso aus wie Marisa.«

»Soso, das schwörst du also«, wiederholte sein Freund skeptisch.

»Fuseli, ich dachte, ich werde verrückt!«

»Und was hast du gemacht?«

»Was sollte ich tun? Einsperren konnte ich sie nicht, auf die Straße setzen auch nicht. Also habe ich sie mit nach Hause genommen.«

»Du hast was …? Das wird ja immer besser. Wo ist sie jetzt?«

»Ich sage doch: Bei mir zu Hause.«

»Sie wohnt bei dir?«

»Ja.«

»Ich glaub's nicht!«, rief Fuseli völlig entgeistert.

»Neulich abends …« Der Comisario räusperte sich. »Neulich abends habe ich sie gevögelt.« Er musste grinsen. »Was rede ich, eigentlich war es umgekehrt: Sie hat mich gevögelt. Und seither schwirrt mir der Kopf, so sehr, dass ich nicht mehr weiß, wo oben oder unten ist.«

»Du hast dich verliebt.«

»Ich weiß nicht … Aber was weiß ich überhaupt … Nein, ich glaube nicht … Was meinst du?«

»Dass du dich verliebt hast.« Genüsslich zog Fuseli an seinem Joint. »Was weißt du über sie?«

»Das ist das Schlimmste. Gestern habe ich herausgefunden, dass sie zu einer Zelle der Revolutionären Volksarmee gehörte, die vor kurzem aufgeflogen ist.«

»Und wie kam sie in das Bordell?«

»Keine Ahnung.«

»Hast du sie nicht gefragt?«

»Nein.«

»Du hast Angst.«

»Ja.«

»Ich sag's dir, mein Freund, du bist verliebt.«

»Glaubst du?«

Fuseli lächelte. »Das glaube ich nicht, Perro, es liegt auf der Hand.«

»Und was mache ich jetzt?«

»Verliebtheit ist eine vorübergehende Psychose, aber solange sie anhält, ist die Liebe ewig. Wärst du ein Feigling, hättest du dich längst aus dem Staub gemacht. Da du aber kein Feigling bist, bleibt dir nichts anderes übrig, als es auszuprobieren, selbst wenn du weißt, dass du verlieren wirst.«

»Ich kann dir nicht mehr folgen.«

»Macht nichts, mein Lieber, das Leben beschert dir eine Atempause in den Armen von … Wie, sagst du, heißt sie?«

»Eva.«

»Eva, dann also in den Armen von Eva. Steig ein ins Karussell und versuch den Ring zu erwischen, vielleicht gewinnst du eine Gratisfahrt.«

»Fuseli, sie steht im Verdacht, der Guerilla angehört zu haben!«

»Im Augenblick stehen wir doch alle unter Verdacht.«

»Aber Eva … Sie ist auf der Flucht.«

»Wer weiß, dass sie bei dir ist?«

»Du bist der Einzige.«

»Dabei solltest du es auch belassen. Ansonsten genieß es, solange es geht.«

»Und Marisa?«

»Marisa ist tot«, sagte Fuseli. »Oder ist das Gespenst etwa zurückgekehrt?«

Lascano räusperte sich. »Nein, seit Eva da ist, ist es nicht mehr aufgetaucht. Das Gespenst ist jetzt Eva. Du hast ja keine Ahnung, wie ähnlich sie sich sehen …«

»Dann finde die Unterschiede heraus und freu dich! Ehrlich gesagt beneide ich dich. Seit Ewigkeiten hat keine Frau mehr etwas in mir bewegt. Ich habe das Gefühl, allmählich auszutrocknen.«

»Was soll ich sagen …«

»Sag am besten gar nichts«, seufzte der Gerichtsmediziner. »Und jetzt komm, lass uns reingehen. Ich habe dir einiges über Biterman zu erzählen.«

Lascano folgte seinem Freund in die Leichenhalle.

»Der Kerl wurde woanders ermordet, ungefähr sieben bis neun Stunden bevor du ihn mir gebracht hast.« Mit einem Ruck zog Fuseli das Laken von dem leblosen Körper Bitermans; eine lange Naht teilte den Brustkorb in zwei Hälften. »Normalerweise setzt die Hypostase fünfzehn bis achtzehn Stunden nach dem Tod ein. In diesem Fall allerdings konnten an mehreren Stellen Blutablagerungen nachgewiesen werden – ein untrügliches Zeichen dafür, dass die Leiche bewegt worden ist. Fest steht außerdem, dass der Mann mit einer 9-Millimeter-Waffe erschossen wurde, aus einer Entfernung von etwa einem halben bis einem Meter. Die Kugel trat in den Bauch ein, durchschlug die Muskelschichten, das Bauchfell, die Eingeweide und blieb schließlich in der Pankreas stecken. Hier ist das Blei, ich werde es an die Ballistik schicken, aber ich kann dir jetzt schon sagen, dass die Waffe und das Kaliber nichts mit den Verletzungen der beiden anderen zu tun haben. Es gibt auch noch weitere Unterschiede: Dieser Mann hier«, fuhr Fuseli fort und deutete auf den toten Biterman, »wurde, von der Linie der Schultern her gedacht, aus einem Winkel von fünfundvierzig Grad erschossen, die anderen aus einem rechten Winkel, also direkt von vorn. Wir haben drei Kugeln aus ihnen rausgeholt, die aus nächster Nähe abgefeuert wurden, und zwar dort, wo man die Leichen gefunden hat ... Kopfschüsse, die beiden waren sofort tot. Bei ihnen ist die Hypostase schon fast abgeschlossen, das heißt, sie sind mindestens zehn Stunden früher gestorben als Biterman. Der Alte hat nach seiner Verwundung noch einige Zeit gelebt. Und in dieser Zeit muss er versucht haben, seinen Mörder anzugreifen, davon bin ich überzeugt. Sieh dir die Hände an – lauter Abschürfungen, Spuren, die nirgends sonst am Körper zu finden sind. Ich vermute, dass der andere angefangen und er sich gewehrt hat. Es sieht so aus, als habe Biterman später noch ein bisschen was abbekommen, aber erst, als er schon tot war, denn es sind keine Hämatome zu entdecken. Wahrscheinlich ist das beim Transport der Leiche passiert ... Und noch ein interessantes Detail: Wir haben Hautreste unter den Fingernägeln des Toten gefunden, der Mörder hat die Blutgruppe 0 negativ.«

Der Comisario starrte auf den Leichnam, der dem Pathologen so viele Geheimnisse enthüllt hatte. »Sonst noch etwas?«

»Eigentlich kann er froh sein, dass er so gestorben ist.«

Lascano sah überrascht auf. »Wieso?«

»Der Mann hatte Leberkrebs im fortgeschrittenen Stadium. Es wäre ohnehin bald aus mit ihm gewesen, und so wurde ihm viel Leid erspart.«

»Mord bleibt trotzdem Mord.«

Fuseli nickte. »Sicher ... Jedenfalls lagst du mit deinem Verdacht goldrichtig. Alles lässt darauf schließen, dass die beiden jungen Leute am Fundort erschossen wurden, Biterman hingegen eine handfeste Auseinandersetzung an einem anderen Ort nicht überlebt hat. Der Mann, den du suchst, weist mit Sicherheit ebenfalls Spuren dieses Streits auf. Übrigens: Dein Biterman hat schon mal eine Kugel abgekriegt.«

»Ach ja?«

»Das muss vor vielen Jahren gewesen sein, eine alte Schusswunde am Rücken. Die Kugel hat damals die Lunge durchdrungen und ist fünf Zentimeter am Herzen vorbeigegangen. Pures Glück, dass er davongekommen ist.«

»Offenbar hat das Glück ihn nun verlassen.«

In diesem Augenblick ging die Tür auf, einer von Fuselis Assistenten kündigte an, dass Horacio draußen wartete. Der Gerichtsmediziner deckte die Leiche wieder zu und bedeutete dem Mitarbeiter, den Besucher hereinzubitten.

»Guten Tag, Señor Biterman«, begrüßte Lascano den Gast. Sofort fiel dem Kommissar auf, dass Horacio einen funkelnagelneuen Anzug trug. »Das ist Doktor Fuseli, der zuständige Gerichtsmediziner. Sind Sie bereit für die Identifizierung?«

»Ja.«

Lascano und Fuseli hatten sich mit Absicht jeder an eine der Längsseiten der Bahre gestellt und Horacio ans Kopfende treten lassen, um seine Reaktion besser beobachten zu können. Fuseli lenkte ihn ab, während Lascano aufmerksam jede Regung des jüngeren Biterman verfolgte.

»Ich muss Sie darauf hinweisen«, sagte Fuseli, »dass das, was Sie zu sehen bekommen, nicht angenehm ist.«

»Ja, ich weiß«, gab Horacio zurück. »Bringen wir es hinter uns.«

Fuseli nickte und schlug das Laken, das über dem Toten lag, zurück.

Horacio schluckte und flüsterte: »Elías, was haben sie dir angetan?«

»Erkennen Sie Ihren Bruder Elías Biterman wieder?«, fragte Lascano.

»Ja, er ist es.«

»Gut, also dann … Ich muss Sie nun noch bitten, einige Papiere zu unterschreiben.«

»Wann geben Sie ihn frei?«, wollte Horacio wissen. »Ich muss mich um die Beerdigung kümmern.«

»Das hängt vom Richter ab«, sagte Fuseli. »Es müssen noch einige Untersuchungen durchgeführt werden, um den Todeszeitpunkt zu bestimmen und auf den Tatort schließen zu können.«

Horacio hüstelte. »Verstehe. Danke, Doktor.«

»Nichts zu danken … Ach, Lascano«, wandte sich Fuseli dann an den Kommissar, »vergessen Sie nicht meine Medizin.«

El Perro hob zum Abschied die Hand und führte Horacio

hinaus auf den Hof. »Ich müsste Ihnen noch einige Fragen stellen, Señor Biterman … Wo soll Ihr Bruder beerdigt werden?«

»Er wollte immer verbrannt werden.«

Lascano blieb stehen. »Wollen Sie eigentlich gar nicht wissen, wie er gestorben ist?«

»Doch, doch«, versicherte Horacio schnell. »Ich bin noch ganz durcheinander, entschuldigen Sie. Es kam alles so plötzlich.«

»Natürlich. Sagen Sie, Sie sind der Alleinerbe, nicht?«

»Na ja, wenn es denn etwas zu erben gibt.«

»Ihr Bruder war Geldverleiher, oder? Ich könnte mir vorstellen, dass er sich unter seinen Klienten nicht nur Freunde gemacht hat.«

»Elías war sehr vorsichtig. Niemals hat er Kredite ohne Sicherheiten gewährt.«

»Dann ist es bestimmt auch vorgekommen, dass er diese Garantien eingefordert hat.«

»Vermutlich ja.«

»Vermutlich? Sie müssen es doch wissen, schließlich haben Sie für ihn gearbeitet.«

»Um diese Dinge hat er sich allein gekümmert. Ich habe nur Kleinigkeiten für ihn erledigt.«

»Zum Beispiel?«

»Botengänge, Bankformalitäten, solche Sachen.«

»Was werden Sie jetzt beruflich tun?«

»Für diese Frage ist es noch etwas früh, finden Sie nicht? Erst mal muss ich die Angelegenheiten meines Bruders regeln, dann sehe ich weiter.«

»Könnten Sie mir eine Liste seiner Kunden zukommen lassen?«

»Von allen?«

»Nur von denen, die ihm Geld geschuldet haben.«

»Ich werde sehen, was ich finde.«

Als Horacio sich zum Gehen wendete, merkte Lascano erneut auf: Die Schuhsohlen des jungen Biterman glänzten brandneu.

22

»Hallo? … Wie geht's, Amancio? … Wer? … Lezama, hast du gesagt? … Wann? … Und was hat er gesagt? … Ich weiß nicht, was passiert sein könnte … Und, was weiß er? … Von mir, was weiß er von mir? … Gut … Nein. Unternimm nichts, überlass alles mir … Ja … Ich rufe dich an … Ich sagte, überlass alles mir, ihr Zivilisten taugt nicht mal zur Spionage … Du hältst einfach den Mund, rührst dich nicht von zu Hause weg, bis ich es dir sage, hast du verstanden?«

Aufgebracht knallte Giribaldi den Hörer auf die Gabel, so heftig, dass er hinunterfiel. Doch ebenso schnell, wie die Wut den Major überfallen hatte, verrauchte sie auch wieder und machte einer kontrollierten Ruhe Platz. Langsam bückte Giribaldi sich, hob den Hörer auf und legte ihn sanft zurück. Regungslos verharrte er ein paar Minuten vor dem Telefon und ging im Geiste die Liste der Personen durch, die er anrufen musste, um den Schlamassel zu beseitigen, den Amancio, dieser Idiot, angerichtet hatte. Verwöhntes Mamakind, so hatte er ihn früher genannt. Im Grunde verachtete Giribaldi Amancio, er fand ihn verweichlicht und linkisch, ein Mann ohne Ziel im Leben. Der Major selbst stammte aus einer Familie der unteren Mittelschicht; was er erreicht hatte und darstellte, betrachtete er als das Ergebnis seiner eigenen Anstrengungen, als mühsam erarbeiteten Gewinn, der Opfer gefordert hatte, während Amancio alles – Vermögen, sozialer Rang, Frauen, einfach alles – zugefallen war.

Mit einem einzigen Anruf bei seinem Freund Jorge fand Giribaldi heraus, dass der Polizist, der seine Nase in den Fall Biterman gesteckt hatte, nicht Lezama hieß, sondern Lascano. Außerdem brachte er in Erfahrung, dass die Toten vom Riachuelo in die Leichenhalle überführt worden waren und dass der Name des Arztes, der den Obduktionsbericht erstellt hatte, Antonio Fuseli lautete. Und es erschien ihm eine gute Idee, diesem Fuseli einen Besuch abzustatten.

Wenig später betrat Giribaldi den Justizpalast durch den Eingang an der Calle Lavalle und nahm die Treppe in die Keller des Gebäudes hinunter, in denen die Gerichtsmedizin untergebracht war. Der Mann am Empfang hatte ihn anstandslos und ohne Nachfragen passieren lassen.

»Guten Tag.«

Überrascht blickte Fuseli von den Papierstapeln auf seinem Schreibtisch auf. Der Besucher hatte weder angeklopft, noch war er ihm von einem Mitarbeiter angekündigt worden.

»Ja, bitte?«, fragte Fuseli und spähte über den Rand seiner Brille.

»Doktor Fuseli?«

»Höchstpersönlich.«

»Ich bin Major Giribaldi.«

»Sehr erfreut. Womit kann ich helfen?«

»Mir wurde gesagt, dass Sie sich um die drei Subversiven kümmern, die bei einem Schusswechsel am Riachuelo getötet wurden.«

»Drei Subversive?«

»Die Ermittlungen in dem Fall führt Comisario Lascano.«

»Ah, Sie meinen Biterman und die beiden N.N.«

»Genau.«

»Was wollen Sie wissen?«

»Ich würde gern Ihren Bericht einsehen.«

»Tut mir leid, aber den habe ich gerade an das Büro des zuständigen Untersuchungsrichters überstellt.«

»Wer ist das?«

»Doktor Marraco, Sie finden ihn im obersten Stock.«

»Erzählen Sie mir doch einfach, was Sie herausgefunden haben.«

»Major, bei allem Respekt, aber diese Informationen kann ich Ihnen erst geben, wenn der Richter sich damit einverstanden erklärt.«

Ungefragt zog Giribaldi einen Stuhl heran und nahm ebenso ungefragt Platz. Keine Sekunde ließen die beiden Männer sich aus den Augen. Sie sprachen kein Wort, rührten sich nicht.

Schließlich räusperte sich der Gerichtsmediziner. »Kann ich Ihnen vielleicht mit etwas anderem aushelfen?«

»Ja, in der Tat, das können Sie«, sagte Giribaldi und musterte Fuseli scharf. »Kennen Sie Lascano?«

»Ja.«

»Was halten Sie von ihm?«

»Wären alle so wie er, stünde es besser um die Polizei.«

»Und dennoch ist er, wie ich gehört habe, bei seinen Vorgesetzen nicht sonderlich beliebt.«

»Wie gesagt, wären alle so wie er …«

»Sind Sie mit ihm befreundet?«, fiel Giribaldi dem Doktor harsch ins Wort.

»Wir sind Kollegen.«

»Mehr nicht?«

»Worauf wollen Sie hinaus?«, fragte Fuseli ruhig.

»Es heißt, er sympathisiere mit linken Ideen.«

»Angeblich tut das doch das halbe Land.«

»Sie auch?«

»Wissen Sie, Major, ich bin inzwischen in einem Alter, in

dem ich die Mitte schätze. Ob links oder rechts, mir macht keiner mehr etwas vor.«

»Finden Sie nicht, dass wir in diesen Zeiten geschlossen gegen die Subversion vorgehen sollten?«

»Major, darf ich offen sein?«

»Bitte.«

»Sie gehen mit den falschen Mitteln gegen die Guerilla vor.«

Spöttisch zog Giribaldi eine Augenbraue hoch. »Ach ja?«

»Ja. Sie betrachten es als ein rein militärisches Problem, und da Sie über den Staatsapparat verfügen, werden Sie diese Schlacht mit aller Wahrscheinlichkeit gewinnen.«

»Und?«

»Ihre Methode ist falsch. Entschuldigen Sie, dass ich geradeheraus spreche.«

»Bitte, fahren Sie fort«, forderte Giribaldi den Gerichtsmediziner mit einer Handbewegung auf. »Mich interessiert Ihre Meinung sehr.«

»Sie haben nicht in Ihre Überlegungen einbezogen, aus welchem Grund die Guerilla entstanden ist, daher bekämpfen Sie nur die Symptome … Aber das ist zu kurz gedacht.«

»Soso … Und wieso hat sich nach Ihrer Meinung der Widerstand formiert?«

»Das Volk, Major. Je weniger ein Volk besitzt, desto linker ist es.«

»Wo haben Sie das her?«

»Ganz einfach: Die Linke verspricht, das Geld gerechter zu verteilen. Und wenn für die Leute auch nur wenig dabei abfällt, was zählt, ist, dass es ihnen besser geht als vorher. Wer nichts hat, hat alles zu gewinnen. Wer alles hat, läuft Gefahr, es zu verlieren. Nehmen Sie zum Beispiel die Barbaren.«

»Was haben die Barbaren damit zu tun?«

»Den Barbaren war Besitz gleichgültig, Häuser, Burgen, Reichtümer – sie scherten sich nicht darum. Andernfalls hätten sie sesshaft werden und ihre Energien darauf verwenden müssen, diese Besitztümer zu verteidigen. Doch sie wollten lieber angreifen, plündern, vergewaltigen, brandschatzen. Menschen, die sich zu einem Volk zusammenschließen, Major, sind keine Barbaren, sie verfolgen lediglich ihre Interessen. Die Leute werden nur dann zu Barbaren, wenn ihnen alles vorenthalten wird; sobald sie sich etwas aufgebaut haben, werden sie bürgerlich. Mit anderen Worten: Not lässt die Menschen nach links rücken, Zufriedenheit nach rechts.«

»Werden Sie deutlicher, Doktor, ich verstehe Sie nicht recht.«

»Sehen Sie, Major, ich glaube, man muss die Sache von zwei Seiten angehen. Einerseits ist da der bewaffnete Feind, den müssen Sie bekämpfen, mit Recht und Gesetz, falls nötig, auch mit Gewalt. Andererseits ist da das Volk. Damit das Verbrechen nicht um sich greift, muss man den Leuten etwas geben, das sie schätzen, das sie erreichen können, das sie verteidigen wollen. Die Leute wollen gut leben, jeden Tag essen, ihre Kinder großziehen und ab und zu in Urlaub fahren.«

»Mir scheint, Sie verwechseln ein paar Dinge ganz gehörig. Sie verstehen offenbar nicht, dass für derlei theoretische Überlegungen keine Zeit ist, im Augenblick sind Taten gefragt.«

»Zeit«, rief Fuseli. »Es ist genau der Faktor Zeit, den Sie nicht ins Kalkül ziehen! Die Zeit vergeht, die Situation wird sich ändern. Alle Fehler, die Sie jetzt begehen, werden Ihnen irgendwann um die Ohren fliegen.«

»Sie haben merkwürdige Ideen.«

»Vermutlich.«

»Gefährliche Ideen.«

»Stimmt, es gibt nichts Gefährlicheres, als recht zu haben,

wenn alle Welt sich irrt.« Fuseli zuckte mit den Schultern. »Aber daran habe ich mich inzwischen gewöhnt.«

»Doktor, ich bin vielleicht nicht so gebildet wie Sie, aber eines weiß ich sehr genau: Was die Kommunisten durchsetzen wollen, ist nicht das, was ich mir für meine Kinder wünsche.«

»Sie haben Kinder?«

Giribaldi zögerte. »Ja … einen kleinen Sohn.«

»Sie können sich glücklich schätzen«, sagte Fuseli. »Ich habe mein Kind vor vielen Jahren verloren, und seither ist kein Augenblick vergangen, in dem ich es nicht vermisst habe. Wenigstens konnte ich es begraben. Ich denke oft an all die Mütter und Väter, deren Kinder ermordet werden oder verschwinden. Wie sollen sie ihren Schmerz je überwinden? Ich weiß, wovon ich spreche, Major. Den Tod eines Kindes vergisst man nie.«

»Was wollen Sie damit sagen?«, fragte Giribaldi tonlos.

»Nichts, nichts«, gab Fuseli rasch zurück. »Vergessen Sie, was ich gerade gesagt habe. Es ist dieser Verlust, der mich wohl nie mehr loslassen wird … Ich vermute, auch Sie haben noch einiges zu tun, Major.«

Giribaldi sprang auf, als befolgte er einen Befehl, schlug die Hacken zusammen und verließ eiligen Schrittes den Keller der Gerichtsmedizin. Fuselis Worte hatten ihn verwirrt, und er hasste es, verwirrt zu sein. Sehr schnell gelang es ihm, sein Unbehagen in Wut zu verwandeln – die Wut würde alles wieder an seinen rechten Platz rücken.

Kaum hatte der Major den Raum verlassen, atmete Fuseli tief durch. Die Angst, die dieser Mann ausstrahlte, hing in der Luft wie der Geruch eines Stücks Fleisch, das auf dem Grill verbrannte.

Vergeblich versuchte Fuseli, Lascano zu erreichen; der Comisario war den ganzen Vormittag nicht zu sprechen.

23

Während Lascano darauf wartete, dass der Geschäftsführer der Bank ihn empfing, betrachtete er interessiert das Treiben um sich herum. Er hatte den Ort noch gut in Erinnerung, es war etwa ein Jahr her, dass er hier in einem Fall von Unterschlagung ermittelt hatte, in den der damalige Geschäftsführer und der Aufseher über den Tresorraum verwickelt gewesen waren.

Die beiden hatten das perfekte Ding gedreht: Eines Montags waren sie nicht zur Arbeit erschienen. Als die Zentrale am Mittag besorgt jemanden schickte, um den Tresor zu öffnen, war er leergeräumt. Umgehend wurde Anzeige erstattet. Ein Buchhalter fand heraus, das fünf Millionen Dollar fehlten. Sofort leitete man eine Untersuchung ein, und schon bald stand fest, dass die Angestellten bereits am Samstag zuvor einen Mietwagen genommen und das Land über den Grenzübergang Puente del Inca-Caracoles in den Anden verlassen hatten. Dort verlor sich ihre Spur. Die Tinte auf dem internationalen Haftbefehl war noch nicht getrocknet, als die beiden sich in Santiago de Chile der Polizei stellten. Ohne größere Formalitäten wurden sie den argentinischen Behörden überstellt, landeten auf dem Flughafen Ezeiza, wo man sie in Handschellen ab- und dem zuständigen Untersuchungsrichter vorführte. Vor Seiner Gnaden zeigten sich die beiden reumütig. Sie hätten der Versuchung nicht widerstehen können, dann aber nachgedacht und eingesehen, dass sie falsch gehandelt hatten. Zum Beweis für ihre Reue nannten sie den Ort, an dem die Beute versteckt war, und bewacht von einem Dutzend Polizisten unter dem Kommando von Lascano stellte ein Justizbeamter die Millionen sicher. Da sie geständig waren, verloren die beiden zwar ihre Anstellung, erhielten jedoch lediglich eine Bewährungsstrafe; nach nur vierzig Tagen kamen sie wieder auf freien Fuß. Lascano war sofort aufgefallen, dass die Inhaber der Bank das wiederbeschaffte Geld recht freudlos entgegengenommen hatten, und es kostete ihn wenig Mühe, den Grund dafür herauszufinden. In der Bank arbeitete Fermín González, ein Bekannter Lascanos mit nicht ganz lupenreiner Vergangenheit – der Comisario musste ihm nicht einmal damit drohen, diese Vorgeschichte seinen Arbeitgebern zu erzählen. Fermín war augenblicklich bereit, sich außerhalb der Bank mit Lascano zu treffen. Im Tresor, so erzählte er dem Kommissar, hatten nicht fünf, sondern fünfzehn Millionen gelegen. Zehn Millionen davon waren Schwarzgeld gewesen, das nirgendwo in den Büchern auftauchte. Den Direktoren waren daher die Hände gebunden. Der für den Tresor Zuständige und der Geschäftsführer erkannten ihre Chance, sich das Geld ohne größere Komplikationen unter den Nagel zu reißen. Fermín sagte, dass er an ihrer Stelle genauso gehandelt hätte. Wer sei schließlich der größere Räuber: die treulosen Angestellten oder die Bank selbst? El Perro begnügte sich damit, mit den Achseln zu zucken und Fermín einen Rat zu geben.

»Sieh mal, Fermín, ich weiß nicht, ob du dir darüber im Klaren bist, aber auch der Tod ist nur eine Dienstleistung, die wie jede andere ihren Preis hat. Was meinst du, wieviel es heutzutage kostet, jemanden aus dem Weg räumen zu lassen?«

»Keine Ahnung.«

»Fünfhundert Dollar, erstklassiger Service inklusive. Wenn sich dir also eines Tages solch eine Chance bietet, nur zu.«

Und da war er wieder, Fermín, und gab sich wie immer ausgesprochen seriös. Als er Lascano sah, lächelte er ihm zu und tippte sich grüßend an die Stirn. In diesem Augenblick bat eine Sekretärin den Comisario ins Büro von Señor Giménez, dem Geschäftsführer.

»Danke, dass Sie Zeit für mich haben.«

»Gerne. Was führt Sie zu mir?«

»Ich ermittle in einem Fall, der mit einem Ihrer Kunden zu tun hat.«

»Um wen handelt es sich?«

»Elías Biterman.«

»Hat er Probleme?«

»Ich habe ein Problem, denn er wurde ermordet.«

»Was sagen Sie?«

»Ich sage, dass er ermordet wurde.«

»Nun ja, wie Sie sicher wissen, kann ich Ihnen ohne richterliche Anordnung keinerlei Informationen über unsere Kunden geben.«

»Wenn Sie darauf bestehen, besorge ich mir eine. Ich fürchte nur, dass mir in der Zwischenzeit der Täter entwischen wird.«

»Nun, wenn das so ist, brauche ich vorerst vielleicht nichts Schriftliches.«

»Mich interessieren auch nur seine Kontobewegungen, sozusagen inoffiziell.«

Giménez räusperte sich und beugte sich über die Sprechanlage.

»Graciela, bring mir doch bitte die Kontoinformationen von Señor Biterman.« Der Geschäftsführer wandte sich in vertraulichem Ton wieder an Lascano: »Ich kann Ihnen versichern, dass sich viele Leute über diese Neuigkeit freuen werden.«

»Das habe ich mir fast gedacht.«

»Unter uns, dieser Biterman war ein Blutsauger.«

Graciela kam mit einem Aktenordner in das Büro. »Brauchen Sie sonst noch etwas?«

»Das ist alles, vielen Dank.«

Giménez wartete, bis die Sekretärin das Büro verlassen hatte, öffnete den Ordner, setzte seine Brille auf und las.

»Dann wollen wir mal sehen … also, sein Saldo beträgt fast siebzig Millionen …«

»Ein hübsches Sümmchen. Wenn er schon offiziell so viel auf seinem Konto hat, dann will ich nicht wissen, was er darüber hinaus noch versteckt hat.«

»In letzter Zeit hat er ein paar Schecks eingereicht, die nicht gedeckt waren. Über etwas mehr als vierzehn Millionen Pesos.«

»Wer hat sie ausgestellt?«

»Amancio Pérez Lastra.«

Giménez schob Lascano den Auszug hin, reichte ihm einen Block und einen Bleistift.

»Bitte, notieren Sie sich, was Sie wollen, ich habe nichts gesehen.«

Lascano kritzelte die Adresse auf ein Blatt, riss es ab und steckte es in die Tasche.

»Gibt es sonst noch etwas?«

»Nur noch Ein- und Auszahlungen von Bargeld, dazu ein paar Kommissionsgeschäfte und dergleichen. Nichts Besonderes.«

»Danke, Sie waren mir eine große Hilfe.«

»Wenn ich Ihnen sonst noch mit etwas dienen kann …«

»Wo ich schon mal hier bin, nun ja, da gibt es tatsächlich etwas. Ich brauche nämlich ein Schließfach. Ich hätte da ein paar persönliche Dinge, die ich gern sicher aufbewahren würde.«

»Selbstverständlich.« Der Geschäftsführer drückte mit derselben Geste wie vorhin auf den Knopf der Sprechanlage. »Graciela, der Comisario hätte gern ein Schließfach. Eröffnen Sie ihm doch bitte sofort ein Konto und bringen Sie mir die Unterlagen, damit ich sie abzeichnen kann.«

Giménez erhob sich und begleitete den Kommissar nach nebenan.

»Kann ich auch meine Nichte als verfügungsberechtigt einsetzen?«

»Natürlich. Sagen Sie einfach Graciela Bescheid.«

»Danke für Ihre freundliche Hilfe.«

»Für Sie immer gerne.«

In wenigen Minuten hatte Graciela das Konto eingerichtet und händigte ihm eine Kassette aus, in der Lascano die Dollarbündel aus Tony Venturas Bordell verstaute, sobald die Bankangestellte sich abgewendet hatte. Wie er Eva davon überzeugen sollte, sie für einen ehrbaren Zweck zu verwenden, würde er später sehen. Jetzt hatte er erst einmal den Namen und die Adresse von diesem Pérez Lastra, der Biterman jede Menge Geld schuldete. Der Kerl wohnte im Barrio Norte, und sein Riecher sagte El Perro, dass er nun eine konkrete Spur hatte. Er würde Pérez Lastra einen Besuch abstatten, mal sehen, was der ihm zu sagen hatte.

24

Am Morgen hatte Lascano seinen Ford Falcon bei Tito, dem Chef der Polizeiwerkstatt, abgegeben, um das Schaltgestänge reparieren zu lassen. Er stieg in einen schrottreifen Bus der 61er-Linie und betrachtete einige Minuten lang die vorbeifliegenden Häuser. Als der Verkehr stockte, holte er seinen Block hervor und las noch einmal die Notizen durch, die er sich an dem Abend gemacht hatte, als er durch die alten Akten gegangen war. Dort hatte er in schwer leserlicher Schrift die Polizeiversion von Evas Geschichte zusammengefasst gefunden. Eine halbe Stunde später stieg er vor dem *Palais de Glace* aus. Der Weg die Ayacucho hinauf war eine Prüfung für jeden notorischen Raucher, daher ging Lascano lieber langsam und sog die Luft so tief wie möglich in seine strapazierten Lungen.

Das Luxushotel Alvear Palace war mit Flaggen geschmückt, ständig fuhren irgendwelche offiziellen Fahrzeuge vor oder bogen von der Auffahrt wieder in die Avenida. Der Asphalt war mit kleinen himmelblau-weißen Flugblättern übersät, auf denen man lesen konnte: Wir Argentinier sind gerecht und menschlich. Er schüttelte den Kopf, überquerte die Avenida Alvear und ging über die Quintana, die Guido und die Vicente López, bis er vor dem imposanten Gebäude stand, das der berühmte Architekt Bustillo entworfen hatte: Hier wohnte Amancio. Der Pförtner in seinem grauen Overall war gerade dabei, den Gehweg mit Wasser zu reinigen. Lascano ging zu ihm hin; er brauchte kein Wort zu sagen, der

Mann mit den Mäuseaugen erkannte instinktiv seine Autorität an. Kaum hatte der Pförtner ihn erblickt, stützte er sich auf den Griff seines Schrubbers und grüßte ihn mit dem unterwürfigen Lächeln eines Trinkgeldjägers.

»Guten Tag.«

»Ja, Tag. Sagen Sie mal, wohnt hier die Familie Pérez Lastra?«

»Ja, mein Herr, dritter Stock. Soll ich Ihnen aufmachen?«

»Wissen Sie, ob Señor Lastra zu Hause ist?«

»Ich denke schon, jedenfalls habe ich ihn nicht weggehen sehen, und ein Frühaufsteher ist er ja nicht gerade. Es sei denn, er ist aufs Land gefahren, aber das glaube ich nicht, denn dort drüben steht sein Auto.«

Der Mann deutete mit dem Kopf zum Bordstein gegenüber. Dort erblickte Lascano einen halb im Parkverbot einer Bushaltestelle abgestellten Ford Falcon Pick-up. El Perro überquerte die Straße, der Pförtner begab sich wieder an seine Arbeit. Lascano nahm den Wagen gründlich in Augenschein. Er holte gerade sein Notizbuch hervor, um sich das Nummernschild aufzuschreiben, als Amancio mit einem Paket in den Händen aus dem Gebäude kam. Der Kommissar steckte sein Büchlein weg und beobachtete, wie Amancio das Paket auf den Beifahrersitz warf, einstieg und losfuhr. Ein paar Meter weiter war eine sicher schon achtzig Jahre alte Frau eben dabei, langsam ein Taxi zu besteigen. Lascano trabte zu ihr und erreichte den Wagen, als sie gerade die Tür zuziehen wollte. Das verhinderte er, setzte sich neben sie und zog seine Polizeimarke hervor.

»Entschuldigen Sie, Señora, das ist ein polizeilicher Notfall.« Er wandte sich an den Fahrer. »Folgen Sie bitte diesem Pick-up.«

Die Frau bekam sofort leuchtende Augen. »Wie im Film!«

»Verzeihen Sie bitte die Unannehmlichkeiten.«

»Da machen Sie sich mal keine Sorgen, ich bin entzückt! Endlich einmal ein bisschen Aufregung. Ist das ein Mörder?«

»Nur ein Verdächtiger.«

»Im Ernst? Entschuldigen Sie meine Neugier: Wessen wird er denn verdächtigt?«

»Das kann ich Ihnen nicht sagen.«

»Natürlich, Dienstgeheimnis.«

»Genau.«

»Ah, das werden mir die Mädels nie glauben, wenn ich es ihnen erzähle!«

Der Fahrer hängte sich mit einigem Geschick an den Pick-up. Wenige Minuten später erreichten sie die Ecke Esmeralda und Viamonte, wo Amancio die Hand aus dem Fenster streckte, um anzuzeigen, dass er auf einen Parkplatz abbiegen wollte.

»Lassen Sie mich hier aussteigen. Señora, noch einmal meine Entschuldigung.«

»Aber ich bitte Sie, es war mir ein Vergnügen, auch wenn überhaupt nichts passiert ist.«

Lascano drückte dem Fahrer zwei Scheine in die Hand, stieg aus und mischte sich unter die Passanten. Amancio kam vom Parkplatz, überquerte die Straße und betrat das Städtische Leihhaus. Lascano folgte ihm. Während Pérez Lastra zum Schalter ging, schaute El Perro sich scheinbar interessiert die Regale an, wobei er Amancio gut im Auge behalten konnte. Sein Verdächtiger sprach mit einem Angestellten, öffnete das Päckchen und holte eine Pistole heraus. Der Mann am Schalter untersuchte sie und sagte etwas. Amancio nickte. Der Angestellte legte die Waffe in eine Holzkiste und begann ein Formular auszufüllen. Zwischendurch wandte er sich an Amancio, der sogleich die Brieftasche zog und ihm seinen Ausweis zeigte. Der Mann schrieb sich etwas auf, drehte den Block mit den Formularen zu Amancio hin und reichte ihm einen Kugelschreiber. Amancio unterschrieb. Der Angestellte setzte seine Unterschrift dazu und stempelte alle vier Ausfertigungen ab. Die zweite riss er ab, überreichte sie Amancio und wies auf die Kassenschalter schräg gegenüber. Amancio nahm das Blatt, stellte sich in die beträchtliche Schlange und holte eine Ausgabe der Pferderennzeitung *Palermo Rosa* hervor, in der er zu lesen begann. Ohne ihn aus den Augen zu lassen, trat Lascano an den Schalter, an dem gerade noch Amancio gestanden hatte. Diskret zeigte er dem Angestellten seine Polizeimarke.

»Was wollte der Mann, den Sie eben bedient haben?«

»Wer, der da?«

Er hob die Hand, um auf Amancio zu deuten. Lascano packte schnell seinen Arm und drückte ihn hinunter.

»Nicht so auffällig!«

»Ach so, entschuldigen Sie. Der Mann hat eine Pistole verpfändet.«

»Kann ich sie mal sehen?«

Der Angestellte holte die Holzschachtel hervor und stellte sie auf den Tresen. El Perro nahm sie und hielt sich die Kanone an die Nase. Eine 9-Millimeter-Pistole, der Pulvergeruch war noch ganz frisch, im Griff steckte kein Magazin. Er holte das Plastikteilchen, das er am Fahrstuhl gefunden hatte, aus der Tasche und verglich es mit dem Stück der Griffschale, das fehlte. Es passte perfekt. Dann übertrug er die wichtigsten Daten des Formulars in sein Notizbuch, verabschiedete sich von dem Angestellten und ging hinaus auf die Straße, um ein Taxi anzuhalten. Amancio stand noch immer in der Schlange.

»Zur Pferderennbahn von Palermo, bitte.«

Lascano postierte sich in der Nähe des Eingangs zur Haupttribüne. Fünfzehn Minuten später hielt Amancio Einzug wie der Schah von Persien und spazierte schnurstracks ins Café. El Perro konnte ein süffisantes Lächeln nicht unterdrücken. Er wartete einen Moment und nahm erst dann den gleichen Weg. Im Café entdeckte er Amancio an einem Tisch neben einer jungen, bildschönen, aber unterkühlt wirkenden Frau mit dem typischen Gestus eines Mädchens aus gutem Hause, das stets alles für selbstverständlich hielt und sich der Wirkung ihrer Schönheit nur allzu bewusst war. Lascano setzte sich ans Fenster, von dort aus konnte er sie relativ risikolos beobachten, ohne aufzufallen. Bald näherte sich eine bekannte Gestalt dem Tisch der Pérez Lastras. Er grüßte, sie plauderten kurz. Aus den Lautsprechern kam die blecherne Ankündigung für den Start des dritten Rennens. Horacio verabschiedete sich und verließ das Café. Amancio studierte die Rennzeitung, Lara langweilte sich. Durch sein Fenster konnte Lascano Horacio beobachten, der an dem Geländer stand, das die Rennbahn von den Zuschauern trennte. Zeit, in Aktion zu treten, sagte er sich, stand auf und ging zu dem Tisch der Pérez Lastras. Er zeigte seine Dienstmarke und setzte sich zu ihnen.

»Guten Tag. Ich bin Comisario Lascano. Sind Sie Señor Pérez Lastra?«

»Der bin ich … Meine Frau, Lara.«

»Sehr erfreut.«

»Womit kann ich Ihnen dienen?«

»Ich ermittle in einem Fall, in dem es um einen Bekannten von Ihnen geht, und müsste Ihnen einige Fragen stellen.«

»Fragen Sie.«

»Elías Biterman.«

»Biterman? Ja sicher, den kenne ich.«

»In welcher Beziehung stehen Sie zu ihm?«

»In einer geschäftlichen. Er löst Schecks für mich ein und leiht mir Bargeld.«

»Schulden Sie ihm viel Geld?«

»Ja, ich glaube, da ist einiges zusammengekommen.«

»Wann haben Sie ihn zum letzten Mal gesehen?«

»Steckt der Russe in Schwierigkeiten?«

»Beantworten Sie bitte meine Frage.«

»Ich weiß nicht, vor einer Woche vielleicht.«

»Wo haben Sie sich getroffen?«

»In einem Café in der Calle Florida.«

»Wissen Sie noch, in welchem?«

»Im *Richmond*.«

»Warum hatten Sie sich verabredet?«

»Um über die Rückzahlung meiner Schulden zu sprechen.«

»Wie viel schulden Sie ihm?«

»Nun ja, genau weiß ich das im Moment nicht.«

»Ungefähr.«

»Keine Ahnung, so um eine Million vielleicht.«

»Und wie sind Sie verblieben?«

»Eigentlich gar nicht. Er wollte mir über seinen Bruder Horacio eine vollständige Aufstellung und einen Vorschlag für die Tilgung zukommen lassen, was er dann aber nicht getan hat.«

»Aha. Würden Sie mir sagen, wo Sie am Dienstagabend waren?«

»Dienstag? Da haben wir zu Hause gegessen, nicht wahr, Schatz?«

»Tja … Ja, wir sind früh schlafen gegangen.«

»Was ist mit Ihrem Gesicht passiert?«

»Ich bin bei einem Ausritt vom Pferd gefallen.«

»Haben Sie ein Auto?«

»Ja, einen 74er Falcon Pick-up.«

»Welche Farbe?«

»Grau.«

»Wo steht er?«

»Hier, auf dem Parkplatz des Clubs. Wollen Sie ihn sehen?«

»Nicht nötig. Welche Blutgruppe haben Sie?«

»0 negativ. Würden Sie mir vielleicht sagen, was überhaupt los ist?«

»Biterman wurde ermordet.«

»Was?«

»Sie haben richtig gehört.«

»Sie denken doch wohl nicht …«

»Vorerst denke ich gar nichts. Ich befrage alle seine Schuldner.«

»Verstehe.«

»Gut, das ist alles. Vielleicht muss ich Sie noch einmal aufsuchen. Auf Wiedersehen, meine Dame, entschuldigen Sie die Störung.«

»Wiedersehen.«

Lascano erhob sich, deutete eine Verbeugung an und ging.

»In was für einen Schlamassel hast du dich da wieder reingeritten, mein Lieber?«

»Gar keinen, offenbar haben sie jemanden umgebracht, den ich kannte.«

»Das habe ich gehört. Und? Warst du's?«

»Wie kannst du so was denken?«

»Am Dienstag bin ich erst um sieben Uhr morgens nach Hause gekommen, und du warst nicht da.«

»Das habe ich dir doch schon erklärt.«

»Ja, mir schon, aber den Polizisten hast du angelogen.«

25

Der Morgen war klar. Nervös saß Giribaldi am Steuer und fragte sich, warum Maisabé so lange brauchte, wo sie doch schon fertig gewesen war, als er sich zur Garage aufgemacht hatte. Endlich – da war sie. Auf dem Arm trug sie den Kleinen, als wollte sie ihn verstecken. Giribaldi öffnete ihr die hintere Tür, im Rückspiegel konnte er ihre verzerrten Gesichtszüge erkennen, offenbar hatte sie geweint. Sollte einer diese Frau verstehen! Er beschloss, unten am Fluss entlangzufahren, nahm die Avenida 9 de Julio, bog in die Diagonal Norte und kam vor dem Regierungspalast heraus. Eine Gruppe von Frauen mit weißen Kopftüchern marschierte schweigend um die Pyramide – die Mütter der Plaza de Mayo.

Maisabé lief ein Schauer über den Rücken, während Giribaldi erkennbar ungerührt das Auto über die Hipólito Yrigoyen lenkte. Bei der Ampel an der Defensa bremste er fluchend. Die Mütter zogen direkt vor ihnen vorbei. Eine von ihnen blieb stehen und sah Maisabé mit versteinerter Miene an. Eine namenlose Angst schnürte Maisabé die Kehle zu, spannte ihre Muskeln, so sehr, dass sie ihr Kind beinahe erdrückte. Das Baby fing an zu weinen, laut und immer lauter. Giribaldi stöhnte und drehte sich zu seiner Frau um – gerade in dem Augenblick, als die Ampel auf Grün umsprang. Ungeduldig hupte es hinter ihnen. Gereizt legte der Major den ersten Gang ein und fuhr los. Maisabé beobachtete, wie die Mutter eine andere Frau begrüßte und umarmte; zitternd und schluchzend wandte sie sich ab.

»Darf man wissen, wieso du heulst?«, fragte Giribaldi missmutig.

»Einfach so, Leonardo, einfach so. Lass mich doch.«

Schweigsam fuhren sie weiter Richtung Norden, wie jeden Morgen um diese Uhrzeit herrschte auf der Avenida Leandro Alem ein totales Verkehrschaos. An der Juan B. Justo, Ecke Libertador hielt Giribaldi an, ließ Frau und Kind im Auto warten und steuerte eiligen Schritts auf das Café *The Horse* zu, das in der Bahnunterführung gelegen war.

Amancio saß allein an einem Tisch und rührte nervös in seiner Tasse. Was für ein Weichei, dachte der Major und schnaubte verächtlich. Wie konnte man nur so am Rockzipfel einer Frau hängen, die noch dazu eine Hure war – darüber täuschte auch ihr Familienname nicht hinweg. Immer wollte dieser Jammerlappen etwas von ihm, immer machte er aus einer Mücke einen Elefanten. So waren sie eben, die Zivilisten, Zauderer ohne Willenskraft. Er trat an Amancios Tisch und musterte ihn von oben herab. Er wollte dieses verzärtelte Muttersöhnchen seine Überlegenheit spüren lassen.

Amancio schenkte ihm das, was er für sein gewinnendstes Lächeln hielt.

»Giri, mir scheint, dass die Sache eine üble Wendung nimmt.«

»Was ist denn nun schon wieder los?«

»Der Polizist war bei mir und hat eine Menge Fragen zu Biterman gestellt.«

»Lascano.«

»Ja, der.«

»Du Schwachkopf! Lezama hast du mir gesagt, ich musste mir den Arsch aufreißen, um rauszufinden, wie er wirklich heißt.«

»Ich soll Lezama gesagt haben?«

»Ja.«

»Tut mir leid, da habe ich mich wohl geirrt.«

»Du irrst dich andauernd! Wann begreifst du endlich, dass du dich auf ein Spiel mit den Großen eingelassen hast, bei dem du jeden Fehler teuer wirst bezahlen müssen?«

»Du hast recht, entschuldige.«

»Hör auf, dich permanent zu entschuldigen! Was will Lascano? Verdammt noch mal! Was hast du ihm gesagt?«

»Nichts, aber er hat mir tausend Fragen gestellt. Der Typ ahnt etwas.«

»Wie ist er auf dich gekommen?«

»Keinen Schimmer.«

»Hat Horacio womöglich gesungen?«

»Ich weiß nicht, kann sein.«

»Weiß er von mir?«

»Wer?«

»Horacio, wer denn sonst!«

»Kein Wort.«

»Sicher?«

»Hältst du mich für einen Volltrottel?«

»Ganz ehrlich? Ein bisschen schon.«

Giribaldi blickte nach draußen und sah, dass seine Frau aus dem Wagen gestiegen war und nervös das Baby wiegte, das sich kreischend in ihren Armen wand. Sofort verdüsterte sich die Miene des Majors.

»Na gut, ich muss los zu diesem Pfaffen, den du mir empfohlen hast, mal sehen, ob er Maisabés durchgeknallte Art mit dem Kleinen in den Griff kriegt.«

»Und ich? Was mache ich?«, fragte Amancio verzweifelt.

»Du schnappst dir sofort deine kleine Hure, verriegelst dein Haus und fährst aufs Land, bis du von mir hörst. Was immer passiert, du verhältst dich still. Wenn sie dich aufstöbern, gibst du mir sofort Bescheid. Sag einfach, dass du dich aus Sicherheitsgründen mit Major Giribaldi in Verbindung setzen musst. Ist das klar?«

»Klar wie Kloßbrühe.«

26

In der Sakristei hörte Maisabé nicht auf, wie wild das Kind zu schaukeln, obwohl es längst eingeschlafen war. Giribaldi studierte derweil die Schmerzensbilder, die an der Wand hingen: Ein von Dornen gekrönter Jesus besprenkelte die Welt mit seinem Herzblut. Daneben erlitt ein von Pfeilen durchbohrter heiliger Sebastian mit ziemlich weibischem Gesichtsausdruck sein Martyrium. Neben ihm stieß ein heiliger Georg wie rasend seine Lanze in einen Drachen, der sich zwischen den Beinen eines Pferdes auf dem Boden wand.

Endlich öffnete sich eine Tür, hinter der Pfarrer Roberto zum Vorschein kam. Ein junger Kerl in Jeans und Rollkragenpulli, er hätte auch Student der Ingenieurs- oder Wirtschaftswissenschaften sein können. Mit einem breiten Jungenslächeln trat er auf sie zu, gab sich dabei salbungsvoll – reichlich aufgesetzt, wie Giribaldi fand – und begrüßte sie mit betont sanfter Stimme.

»Major, sehr erfreut. Und Sie müssen Maisabé sein. Und der Kleine, wie heißt der?«

»Aníbal, Herr Pfarrer.«

»Nennen Sie mich nicht Herr Pfarrer, sagen Sie einfach Roberto zu mir.«

»Wie Sie wünschen.«

»Worum geht es?«

Roberto erfasste sekundenschnell, dass Maisabé Giribaldi wegen irgendetwas gram war, der sie zu überwachen schien wie eine unheilbringende Gefangene.

»Major, Sie haben doch nichts dagegen, wenn ich mich einen Augenblick allein mit Ihrer Frau unterhalte?«

»Wie? Nein … natürlich nicht, warum sollte ich? Ich warte draußen.« Giribaldi zögerte noch einen Moment und trat dann ab wie jemand, der gerade eine Strafe empfangen hatte.

»So, nun erzählen Sie mir mal, was Sie bedrückt«, forderte der Geistliche sie auf.

»Ich weiß nicht, ob Sie wissen, Herr Pfarrer … Entschuldigung, Roberto … dass dieses Kind eigentlich …«

»Ich weiß, ich weiß«, unterbrach Roberto sie. »Sie brauchen mir nichts zu erklären. Sagen Sie mir lieber, was Sie bedrückt, ich habe den Eindruck, dass Sie mit Ihrer Mutterschaft nicht ganz eins sind.«

»Ich, ich … ich glaube, ich werde verrückt«, stammelte Maisabé.

»Aber warum, was ist denn los?«

»Dieses Kind hasst mich.«

»Aber wieso sollte dieses Engelchen Sie hassen?«

»Er sieht mich immer so an …«

»Wie sieht er Sie an?«

»Als würde er mir vorwerfen, was seiner Mutter passiert ist.«

»Aber nicht doch, Maisabé, das bilden Sie sich nur ein. Wissen Sie, bei einem Neugeborenen reagieren Mütter oft nervös. Zwar haben Sie dieses Baby nicht selbst zur Welt gebracht, aber Sie haben es sich so sehr gewünscht, und daher widerfährt Ihnen nun etwas Ähnliches.«

»Glauben Sie?«

»Ja, das glaube ich.«

»Letztens habe ich nachts wach gelegen und gedacht, dass ich eine Sünderin bin, weil ich das Kind gestohlen habe.«

»Sie haben gar nichts gestohlen, Maisabé, Sie haben dieses Kind gerettet.«

»Ja, aber die Mutter …«

»Die Mutter war nicht imstande, es zu beschützen, und hat sich auf Dinge eingelassen, auf die sie sich besser nicht eingelassen hätte. Sie tragen keine Schuld an dem, was mit ihr passiert ist. Das hat sie einzig und allein sich selbst zuzuschreiben.«

»Aber bleibt man denn nicht ein Sünder, wenn man etwas Gestohlenes nicht zurückgibt?«

»Maisabé!« Der Pfarrer strich ihr übers Haar und fasste sie sanft am Kinn. »Das gilt für Dinge, nicht für Menschen. Überlegen Sie doch mal: Was wäre aus dem armen Engel geworden, wenn er in einem subversiven Zuhause aufgewachsen wäre? Gott selbst hat eingegriffen, um dieses Kind in Ihre Hände zu geben, verstehen Sie? Die Vorsehung hat aus Mitleid mit seinem Schicksal dafür gesorgt, dass es in Ihr christliches Heim gelangt, wo es mit den wahren Werten großgezogen wird. Sie und Ihr Mann repräsentieren diese Werte, deshalb sind Sie hier.«

Beschämt senkte Maisabé den Kopf. Robertos Hand verweilte auf ihrem Nacken.

»Pater, neulich Abend wollte ich das Kind töten, damit es zu seiner Mutter zurückkehren kann.«

»Nun, ich verstehe Ihre Gewissensbisse sehr gut, da zeigt sich, dass Sie ein guter Mensch sind. Manchmal aber bringen uns gerade die besten Absichten vom rechten Pfad ab. Doch jetzt sehen Sie das Licht, und Ihr sündiger Gedanke wird Ihnen verziehen.«

»Meinen Sie wirklich, Herr Pfarrer?«

»Roberto … Natürlich, Maisabé, kommen Sie.« Er führte sie zu einer Bank und bedeutete ihr, mit ihm niederzuknien. Dann reichte er ihr ein Marienbildchen, das die Jungfrau von der Unbefleckten Empfängnis mit leicht gewölbtem Bauch und umgeben von Cherubinen zeigte; sie hielt die Hand in die Höhe und den Blick gen Himmel gerichtet. Schließlich legte er Maisabé einen Arm um die Schultern und klopfte sich mit geballter Faust gegen die Brust. »Sprechen Sie mit mir das Gebet für die verlorenen Kinder.«

Umschlungen von Roberto, den Säugling in den Armen und den Blick fest auf das Marienbild gerichtet, sprach Maisabé mit leiser Stimme dem Priester nach:

»O Herr, der Du alles siehst, wache über dieses verlorene Kind, das gefunden wurde!

O Herr, der Du alles vermagst, mach, dass alle Kinder den Weg zu Dir finden!

O Herr, möge Deine unendliche Güte dieses Kind beschützen.

Mit Deiner barmherzigen Hand rette es wie Moses aus den Fluten.

Schenke ihm ein reines Leben in Dir, zum Lobpreis Deiner Herrlichkeit.

Im Namen des Vaters, des Sohnes und des Heiligen Geistes. Amen.«

Feierlich schloss Roberto: »Aníbal, Maisabé, ich segne euch im Namen Gottes. Gehet hin in Frieden.«

Giribaldi traute seinen Augen kaum, als er Maisabé, dicht gefolgt von dem Pfarrer, aus der Sakristei kommen sah. Sie schwebte ihm entgegen und strahlte heitere Harmonie aus. In liebevoller Zärtlichkeit hielt sie das Kind im Arm und lächelte sogar ihm sanft zu; sie schien ihm wie aus einer anderen Welt. Giribaldi unterdrückte seinen Wunsch zu weinen, der augenblicklich einem Gefühl des Entsetzens wich.

Würde Maisabé jemals aus dieser Welt zurückkehren oder für immer dort gefangen bleiben?

27

Am Morgen ging Lascano bei der Werkstatt vorbei, um seinen Wagen abzuholen. Als er danach in den Verkehr der Stadt eintauchte, fragte er sich, warum sein Chef ihn wohl für zehn Uhr einbestellt hatte.

Sein Vorgesetzter wurde von allen nur Dólar Azul, blauer Dollar, genannt, weil selbst der größte Idiot sofort durchschaute, wie falsch dieser Mann war. Was mochte er von Lascano wollen? Der Comisario wusste, dass er auf der Hut sein musste. Gerüchten zufolge hatte sein Chef eine beliebte Methode, sich derjenigen Polizisten zu entledigen, die ihn störten, besonders bei seinen Geschäften: Er schickte sie in gefährliche Einsätze, Hinterhalte, die sie nicht überleben konnten. Dólar Azul verteilte die Gelder, die die einzelnen Kommissariate abwarfen. Wenn ein Kommissar zum Dienststellenleiter aufsteigen wollte, musste er sich das nach einem bestimmten Schlüssel etwas kosten lassen. Jedes Kommissariat hatte seinen eigenen Preis. Das Erste war besonders begehrt und am lukrativsten, weil es mitten in der City lag und die Geschäfte dort hervorragend liefen. Dort gab es alles, was das Geld in Strömen fließen ließ: Prostituierte, Kneipen, Diskotheken, Drogenhändler, Homosexuelle, Banker, Unternehmer – lauter Menschen, die etwas zu verbergen hatten, etwas erreichen wollten, etwas vortäuschen mussten. Lascano hatte sich immer von diesem System ferngehalten und keinerlei Interesse gezeigt, was einerseits gefiel, andererseits den Verdacht all derer weckte, die Teil der Clique waren.

Als er die Avenida Congreso erreichte, schaute der Comisario auf die Uhr und vergewisserte sich, dass er pünktlich sein würde. Um exakt drei Minuten vor zehn durchschritt er das Tor zum Polizeipräsidium, die Puerta de Moreno, und ging über den Innenhof zu dem Gebäudeflügel, in dessen zweitem Stock sich das Büro von Dólar Azul befand. Punkt zehn Uhr klopfte er an die Tür.

Außer seinem Chef erwartete ihn ein weiterer Mann, den Lascano sofort mit beträchtlichem Unbehagen als ranghohen Militär identifizierte.

»Guten Tag, Señor.«

»Guten Tag, Lascano … Ich möchte Ihnen Major Giribaldi vorstellen.«

Der Comisario nickte. »Sehr erfreut.«

»Sie sind also der berühmte Perro Lascano«, sagte Giribaldi.

»Berühmt?«

»Alle Welt kennt Sie.«

»Das ist nicht gerade gut für meine Arbeit, ich bleibe lieber unsichtbar.«

»Das kann ich mir vorstellen.«

»Gut, Lascano«, sagte Dólar Azul, »der Major hat etwas mit Ihnen zu besprechen. Wenn Sie mich also entschuldigen wollen … Ich habe noch etwas zu erledigen. Lassen Sie sich also ruhig Zeit.«

»Wie Sie wünschen«, meinte Lascano.

»Danke, Jorge.« Giribaldi nahm hinter dem imposanten Schreibtisch Platz, kaum dass der Chef sein Büro verlassen hatte. Dann räusperte er sich. »Nun, Lascano, verraten Sie mir doch mal, was Sie gerade so machen?«

»Das, was ich immer mache: arbeiten.«

»Woran arbeiten Sie?«

»An einem Mordfall.«

»Biterman.«

»Woher wissen Sie das?«

»Ich weiß so manches.«

»Verstehe.«

»Sie haben drei Leichen in der Nähe des Autodroms gefunden.«

»Stimmt.«

»Und haben sie ins Leichenschauhaus bringen lassen.«

»So ist es.«

»Nur zu Ihrer Information: Wir sprechen hier über drei Subversive, die sich mit meinen Männern angelegt haben.«

»Das wusste ich nicht. Aber dieser Biterman hatte meine Aufmerksamkeit erregt, weil er deutlich älter war als die anderen.«

»Was glauben Sie denn?«, fuhr Giribaldi hoch. »Dass alle Subversiven zwanzig sind?«

»Nein«, gab Lascano ruhig zurück. »Manche sind auch erst fünfzehn, zwölf, oder sogar nur ein Jahr alt.«

»Sie finden sich wohl besonders witzig.«

»Keineswegs, ich sage bloß, was ich weiß.«

»Aha. Und was wissen Sie noch?«

»Dass Biterman nicht dort umgebracht wurde, wo man ihn gefunden hat. Erst nach seinem Tod hat man ihn am Riachuelo abgelegt.«

»Und was geht Sie das an?«

»Ich bin Polizist.«

»Wenn Sie so ein guter Polizist sind, warum ermitteln Sie nicht im Fall der anderen beiden?«

»Weil ich nicht kann, das wissen Sie ganz genau. Aber wenigstens einem soll Gerechtigkeit widerfahren.«

»Gehen Sie mir nicht auf den Sack mit so einem Geschwätz. Gerechtigkeit! Für solchen Quatsch ist in diesen Zeiten kein Platz. Und damit kein Missverständnis entsteht:

Auch im Fall Biterman dürfen Sie nicht ermitteln. Habe ich mich klar genug ausgedrückt?«

»Ist das ein Befehl?«

»Ja, das ist ein Befehl.« Der Major musterte Lascano prüfend, auf seine Fäuste gestützt, an denen die Knöchel weiß hervortraten. Eine Weile sagte niemand etwas. Schließlich seufzte Giribaldi und lehnte sich zurück. »Hören Sie, Lascano, Sie sind ein fähiger und schlauer Polizist. Trotzdem scheint mir, dass es Dinge gibt, die Sie nicht begreifen.«

»Zum Beispiel?«

»Ich werde Ihnen jetzt keine Erklärungen geben. Aber ich rate Ihnen: Hören Sie auf, in dem Fall dieses Scheißjuden herumzustochern. Sie haben mehr zu verlieren als zu gewinnen.«

»Ah ja?«

»Ich mache Ihnen einen Vorschlag. Arbeiten Sie für mich. Ich werde Sie befördern und Ihr Gehalt erhöhen … Und vorher gönnen Sie sich noch einen schönen Urlaub mit dieser Freundin, die Sie bei sich wohnen haben.«

»Ich bleibe lieber, was ich bin.«

»Mein Angebot nicht anzunehmen wäre eine große Dummheit, und für dumm halte ich Sie nun wirklich nicht. Machen Sie keinen Ärger, Lascano, tun Sie, was ich Ihnen sage, und es wird nicht zu Ihrem Schaden sein.«

»Ich brauche Bedenkzeit.«

»Denken Sie, aber nicht zu lange. Und glauben Sie nicht, wir würden Sie links liegenlassen.«

»Aber Sie werden doch auch bestimmt nicht vom rechten Weg abweichen.«

»Ihre Ironie wird Sie eines Tages noch Kopf und Kragen kosten. Ich will bis morgen eine Antwort, teilen Sie Jorge mit, wie Sie sich entschieden haben. Ich werde mich mit ihm in Verbindung setzen.«

»Sicher. Noch was?«

»Sie dürfen wegtreten.«

»Danke, auf Wiedersehen.«

El Perro wartete nicht auf den Aufzug, er lief die Treppe hinunter. Sein Magen hatte sich in einen Feuerball verwandelt; er fürchtete, dass er noch am Eingang zum Präsidium verhaftet werden könnte. Er ging weiter bis zur Straßenecke, stieg in sein Auto und fuhr los. Zwei Häuserblocks weiter stellt er das Polizeilicht aufs Dach und raste wie der Teufel durch die Stadt, jede rote Ampel ignorierend, schlängelte sich durch den wahnsinnigen Vormittagsverkehr, zündete sich auf der ganzen Strecke keine Zigarette an. Bei sich zu Hause angekommen, ließ er den Wagen einfach irgendwo stehen, ohne sich auch nur die Zeit zu nehmen, ihn abzuschließen. Wie ein Wirbelwind fegte er in seine Wohnung.

Zur gleichen Zeit betraten zwei Männer, der eine kräftig, hochgewachsen, mit einem beträchtlichen Bierbauch, der andere klein, verbittert und grau, das Gebäude, in dem Bitermans Büro lag. Sie kamen in genau dem Augenblick im vierten Stock an, als Horacio mit einem Aktenkoffer das Büro verließ. Die Männer sprachen ihn mit seinem Namen an, und als er antwortete, ja, er sei Horacio Biterman, zog Grau seine Pistole und schoss ihm ins Gesicht. Horacio wurde aus den Schuhen gehoben, und nach einem kurzen Flug schlug er mit dem Kopf gegen die Wand und landete schließlich mit weit offenen Augen auf dem Boden. Sofort quoll ein Schwall Blut aus der Wunde. Als das Echo des Schusses verhallt war, hörte Bierbauch, wie der Verschluss des Türspions der Nachbarwohnung vorgeschoben wurde. Grau nickte in Richtung Tür. Bierbauch holte seine Pistole hervor und lud sie durch. Er klingelte. Der Spion wurde aufgeschoben, die Stimme der Nachbarin erklang; sie wollte wissen, wer da sei. Bierbauch hielt den Lauf seiner Waffe in das Guckloch und drückte ab. Hinter der Tür hörte man, wie der Körper der Nachbarin zu Boden sackte. Als Bierbauch sich umwandte, wartete Grau schon im Fahrstuhl. Bierbauch gesellte sich zu ihm, und fort waren sie.

Eva erschrak über die Wucht, mit der Lascano die Wohnungsür hinter sich zuschlug.

»He, was ist los?«

»Ich habe keine Zeit für Erklärungen, Kleines. Wir müssen sofort weg.«

»Wohin?«

»Erzähle ich dir später. Pack einen Koffer mit deinen und mit meinen Sachen. Nur das Allernötigste. Und vergiss die Papiere nicht.«

»Was ist denn los?«

»Vertrau mir, ich erkläre es dir später, jetzt ist keine Zeit. Wir müssen weg, und zwar sofort!«

»Ist ja gut.«

Eva reagierte sofort und mit großer Effizienz. Im Handumdrehen hatte sie alles beisammen, was sie unbedingt benötigten, und packte es in eine Reisetasche. Jahre im Untergrund hatten sie gelehrt, Prioritäten zu setzen und die Tasche in einer bestimmten Reihenfolge zu packen. Sie hasste dieses so vertraute Gefühl einer hastigen Flucht. Unterdessen griff Lascano zum Hörer.

»Ja … Doktor Fuseli, bitte … machen Sie schon … Ja, mit Doktor Fuseli … Hallo? Fuseli? … Perro … Schlecht, sehr schlecht … Wir sind aufgeflogen … Sag bloß, wann? … Ja, ich weiß, dass er hinter mir her ist, aber es würde mich nicht wundern, wenn er es auch auf dich abgesehen hätte. Wir sitzen ganz schön in der Tinte … Natürlich weiß er es, ganz bestimmt, und wenn er es noch nicht weiß, dann findet er es gerade heraus … Ich glaube, jetzt wird es übel für uns … Ich bin praktisch schon weg … Überhaupt nicht … Kannst du gern haben … Weißt du denn wohin? … Schon gut, sag's mir lieber nicht … Hast du Geld? … Gut … Ja, aber auf der Stelle, hast du mich verstanden? Auf der Stelle … Viel Glück … Adieu … und verzeih mir, dass ich dich in diesen Schlamassel mit reingezogen habe … Danke … Adieu … Pass auf dich auf.«

Eva wartete, in der einen Hand die Tasche, die andere bereits am Türgriff.

»Alles fertig?«

»Fertig.«

»Verschwinden wir.«

Sie wollten gerade losrennen, als Lascano unvermittelt innehielt.

»Was ist los?«

»Wir haben etwas vergessen.«

»Was denn?«

El Perro machte auf dem Absatz kehrt und lief zu dem Vogelkäfig. Er öffnete das Türchen, nahm das Tier sanft in die Hand, ging zum Fenster, öffnete es und ließ den Vogel fliegen.

»Wenn wir ihn nicht freilassen, verhungert er.«

»Du bist ein Romantiker, ich liebe dich!«

Es war still im Hof. Der Vogel hatte sich mit seinen winzigen Klauen auf einen Zaun gesetzt. Wie aus dem Nichts schoss blitzschnell eine Katze empor, schnappte sich die Beute mit ihren scharfen Krallen und schlug ihre Zähne in sein Köpfchen. Krack, machte es, wie beim Knacken einer Nuss.

28

Die Ringeltauben flatterten über den Eukalyptusbäumen. Es war ein strahlender Morgen. Der Winter hatte die glänzende Sinfonie der herbstlichen Ockertöne noch nicht zum Verstummen gebracht. Amancio saß auf der Veranda von La Rencorosa, in Gauchohemd und traditioneller weiter Hose, Strohschuhen, Reiterwams und trug das obligatorische rote Tuch um den Hals. Zum ersten Mal seit langer Zeit fühlte er sich entspannt und las zum Zeitvertreib die Todesanzeigen in *La Nación*. Er musste bloß abwarten, bis endgültig Gras über die Sache mit Biterman gewachsen war. Giribaldi würde den Bullen in die Schranken weisen, danach könnte Amancio wieder zu seinen Geschäften in die Stadt zurück. Er würde mit den Schecks und den Papieren, die er Biterman unterschrieben hatte, das Feuer für den Grill anzünden. Wenn er auf der Estancia war, überkam ihn immer ein regelrecht ländliches Gefühl, was sich sogar in seiner Sprache bemerkbar machte.

Neben ihm polierte sich Lara wie üblich die Fingernägel. Sie hasste es, auf dem Land zu sein, wo die Hühner frei herumliefen, und zog sich aus Trotz so fein an, als wollte sie in vollem Putz auf der schicken Avenida Santa Fe einen Einkaufsbummel machen. Sie verstand nicht, warum sie auf La Rencorosa bleiben mussten. Amancio hatte ihr nur das Nötigste erklärt, aus Furcht, sie könnte es eines Tages gegen ihn verwenden. Doña Lola kam mit den Utensilien für den Matetee aus der Küche und stellte sie auf den kleinen Tisch, der zwischen ihm und Lara stand. Lara fand Matetee widerlich.

»Ich verstehe nicht, wie du diese Brühe trinken kannst.«

»Es schmeckt mir eben, meine Liebe, vergiss nicht, dass ich hier draußen meine Wurzeln habe.«

»Und warum bleibst du dann nicht gleich hier bei deinen Hühnern?«

Er tat so, als hätte er es nicht gehört, und genoss, dass sie bei ihm war, fast wie eine Gefangene, da sie nirgendwo hingehen konnte, und dass sie keine Möglichkeit hatte, sich mit dem Polen, mit Ramiro oder mit sonst wem zu treffen. Auf der Straße wirbelte eine Brise verspielt die gefallenen Blätter auf. Amancio blickte hoch. Vor dem hölzernen Gatter stand ein Ford Falcon, in dem zwei Männer saßen. Er konnte sie unschwer als Leute von Giribaldi erkennen. Bestimmt waren sie gekommen, um ihm Bescheid zu sagen, dass die Luft wieder rein war. Er rief Doña Lola und wies sie an, das Tor zu öffnen. Dann erhob er sich und nahm die Positur eines stolzen Estancieros ein. Doña Lola schlurfte, die Hände an einem Geschirrtuch trocknend, die Auffahrt hinunter, das Auto passierte das Tor, hielt neben Doña Lola an, und der Fahrer sprach kurz mit ihr. Sie blieb dort stehen und machte keine Anstalten, das Tor zu schließen. Das Auto fuhr bis zur Veranda, der Beifahrer stieg aus, lief hinten um das Fahrzeug herum und blieb fünf Schritte vor Amancio stehen. Lara hatte ihren Rock ein paar Zentimeter hochgeschoben, damit die Besucher ihre prachtvollen Beine bewundern konnten.

»Señor Amancio Pérez Lastra?«

»Zu Ihren Diensten. Bestimmt hat Giribaldi Sie geschickt.«

»So ist es.«

»Und, was lässt er mir ausrichten?«

Anstelle einer Antwort zog der Mann eine Pistole und

feuerte los. Aus einem hohen Eukalyptusbaum flog ein Taubenschwarm auf. Amancio brach zusammen, im Fallen riss er den Wasserkocher, eine Kalebasse und das Tablett mit den Dosen für Tee und Zucker herunter. Lara saß wie gelähmt da, der Unterkiefer war ihr herabgefallen, und eine Patina verblüffter Dümmlichkeit legte sich über ihr wunderhübsches Gesicht. Der Mörder richtete seine Pistole auf sie und drückte ab. Der Einschlag der Kugel war so stark, dass ihr Kopf herumgerissen wurde und ihre prachtvolle Mähne aufwirbelte wie in einer Shampoowerbung. Sie stürzte vom Stuhl, mitten hinein in die Geranien. Der Schütze trat näher und schoss jedem noch einmal in die Schläfe, kehrte dann zum Auto zurück, das der Fahrer bereits gewendet hatte, stieg ein, sie fuhren los. Am Tor stand Doña Lola und klammerte sich an ihr Geschirrtuch – entsetzt, reglos und blass wie ein Gespenst. Als der Ford Falcon neben ihr bremste und der Fahrer eine Waffe durchs Fenster streckte, hob sie das Tuch und hielt es wie einen Schutzschild vor ihr Gesicht. Der Mann zögerte keine Sekunde, erschoss Doña Lola durch den Stoff hindurch und drückte noch einmal ab, als die Hausangestellte bereits tot auf der Kleewiese lag.

Ohne erkennbare Eile passierte der Ford die Einfahrt und verschwand in der Richtung, aus der er gekommen war.

Allmählich fingen die Vögel wieder zu zwitschern an, der Wind setzte sein Spiel mit den Blättern fort, die Ringeltauben kehrten in ihre Nester zurück, und die Staubwolke, die der Wagen der Besucher hinterlassen hatte, senkte sich.

29

»Kleines, es gibt ziemlichen Ärger wegen einer Ermittlung, die ich gerade durchführe.«

»Was für eine Ermittlung?«

»Ein Mord, ich habe in ein Wespennest gestochen, und jetzt ist das Militär hinter mir her.«

»Verfluchte Scheiße!«

»Genau.«

»Lascano, ich muss dir etwas sagen …«

»Sag nichts, ich weiß alles über dich.«

Eva biss sich auf die Lippen. »Ach ja?«

»Aber es ändert nichts, weißt du. Wäre ich noch so jung wie du, würde ich wahrscheinlich das Gleiche tun.«

»Was würdest du tun?«

»Versuchen, diese Dreckskerle zum Teufel zu jagen, die uns alle das Leben zur Hölle machen.«

»Lascano, du überraschst mich immer wieder.«

»Hör zu, Kleines, wir müssen das Land so schnell wie möglich verlassen, sonst erwischen sie uns.«

»Was hast du vor?«

»Sieh mal, ich muss das hier zu Ende bringen … Frag mich nicht, wieso. Ich werde dem Untersuchungsrichter die Beweise für den Mord liefern.«

»Lascano, wozu noch dieses Risiko eingehen?«

»Dann habe ich meinen Job erledigt.«

Eva schüttelte den Kopf. »Du bist ein Träumer, Lascano …«

»Ich erledige nur meinen Job.«

»Wohin fahren wir?«

»Zum Justizpalast. Dort geben wir die Unterlagen für den Untersuchungsrichter ab, dann holen wir das Geld, das wir bei Ventura gefunden haben, von der Bank, fahren zum Flughafen und nehmen das erste Flugzeug nach Iguazú. Die drei Grenzen dort sind ideal, um problemlos ins Ausland zu kommen. Danach kannst du dir aussuchen, wohin du willst.«

»Zum Beispiel Brasilien?«

»Brasilien, gute Idee.«

»Bahía?«

Lascano nickte. »Bahía.«

Kurz darauf parkte der Comisario seinen Wagen vor dem Denkmal zu Ehren von Lavalle, legte einen Polizeiausweis hinter die Windschutzscheibe und lief im Zickzack zwischen den Bussen auf die andere Straßenseite. Für einen Moment hatte Eva ihn aus den Augen verloren, er war in der Schar der Anwälte untergetaucht, die sich wie ein Vogelschwarm vor dem Justizpalast tummelten. Erleichtert entdeckte sie ihn schließlich wieder, wie er eilig die Stufen nahm, die hoch zum Eingang des Palastes führten. Eva stockte das Herz, als sie ihn im Innern des Gebäudes verschwinden sah. Nervös setzte sie die Ray Ban auf, die sie im Handschuhfach gefunden hatte.

Doktor Marraco war in seinem Büro, doch er hatte gerade eine Anhörung. Lascano blieb nichts anderes übrig, als auf einer Bank im Korridor Platz zu nehmen und zu warten. Er ließ seinen Blick über den Innenhof schweifen. Im Erdgeschoss gegenüber befanden sich die Zellen, in die man die Angeklagten sperrte, wenn sie einen Gerichtstermin hatten. Unruhig liefen sie in Handschellen in ihren Einzelzellen auf und ab – deswegen hieß dieser Ort im zynischen Gerichtsjargon »der Löwenkäfig«.

Scheinbar gelassen saß El Perro auf seiner Bank, doch innerlich wanderte er ebenfalls vor unsichtbaren Gitterstäben hin und her wie ein Löwe im Käfig. Eine geschlagene Stunde musste er warten, ehe der Praktikant des Richters ihn endlich hereinwinkte.

Marraco empfing ihn schlechtgelaunt, vor ihm stapelten sich unzählige Bescheide, Anweisungen, Urteile und Verfügungen, die er unterzeichnen musste und die ihn von seiner Partie Golf abhielten.

Lascano warf einen großen Umschlag auf die Akte, die aufgeschlagen auf dem Schreibtisch des Untersuchungsrichters lag.

»Was ist das?«, fragte Marraco.

»Der Fall Biterman. Er ist gelöst.«

»Gut, sehr gut. Ich bin beeindruckt. Wenn nur alle Polizisten so effektiv arbeiten würden wie Sie ... Erzählen Sie.«

»Der Mörder ist Amancio Pérez Lastra. Er hat Elías Biterman umgebracht, weil er ihm einen Haufen Geld schuldetete. Das Opfer hat sich gewehrt. Darauf deuten nicht nur die Spuren im Gesicht von Pérez Lastra hin, man hat außerdem Hautreste des Mörders unter den Fingernägeln des Toten gefunden.«

»Aha.«

»Es war Horacio Biterman, der seinen Bruder ans Messer geliefert hat.«

»Der kleine Bruder? Was für eine nette Familie!«

»Warten Sie, der interessante Teil der Geschichte kommt erst noch.«

»Lassen Sie hören!«

»Wie Sie wissen, hat man Bitermans Leiche am Riachuelo gefunden, neben zwei jungen Leuten, die von Major Giribaldis Männern erschossen wurden. Aus irgendeinem Grund muss der Major beschlossen haben, die beiden Leichen erst später abholen zu lassen. Bevor das jedoch passiert, entdeckt ein Lastwagenfahrer die Toten zufällig und meldet die Sache. Daraufhin erhalte ich den Auftrag zu ermitteln. Ich mache mich gleich auf den Weg zu dem Fundort, in der Zwischenzeit allerdings kommt mir jemand zuvor – wie ich heute weiß: Amancio Pérez Lastra – und legt einen weiteren Leichnam, nämlich Biterman, dort ab. Deshalb stoße ich auf drei Tote statt auf die gemeldeten zwei. Offenbar hat Giribaldi Amancio einen Tipp gegeben, und seine Leute sollten Biterman mit den beiden anderen als N.N. wegschaffen.«

»Und dafür haben Sie Beweise?«

»Sie liegen vor Ihnen.« Lascano deutete auf den Umschlag. »Die Mordwaffe habe ich ebenfalls sichergestellt, eine 9-Millimeter-Pistole, Pérez Lastra hatte sie in einem Leihhaus verpfändet, Einzelheiten finden Sie in dem Kuvert.«

»Saubere Arbeit, Lascano«, meinte der Untersuchungsrichter. »Überlassen Sie alles Weitere mir. Morgen verhaften wir Pérez Lastra, ich werde mich persönlich darum kümmern.«

»Noch etwas: Vielleicht sollten Sie auch dafür sorgen, dass man Amancios Auto beschlagnahmt, die Leiche wurde darin transportiert, bestimmt finden sich noch Spuren. Und es wäre keine schlechte Idee, das Landgut La Rencorosa durchsuchen zu lassen, für alle Fälle.«

»In Ordnung.«

Der Comisario hatte es nun eilig, er wollte so schnell wie möglich weg, zurück zu Eva, und verabschiedete sich rasch. Vor der Tür stieß er mit dem Praktikanten zusammen, der Junge lächelte ihn entschuldigend an und tat so, als habe er gerade eintreten wollen. Lascano strich ihm nachsichtig über den Kopf.

»Pass auf dich auf, mein Junge.«

Fieberhaft machte Fuseli sich im Leichenschauhaus daran, seine Sachen zu packen. Plötzlich sah er, wie ein Ford Falcon auf den Hof fuhr. Zwei Männer stiegen aus; sofort wusste der Gerichtsmediziner, dass sie seinetwegen hier waren, dass sie gekommen waren, um ihn zu holen. Hastig versteckte er seine Tasche, legte sich auf den Seziertisch und deckte sich mit einem Laken zu.

In der nächsten Sekunde betraten die beiden Männer den Raum. Fuseli stockte der Atem, während sie sich schweigend umsahen. Dann hörte er, wie sie unverrichteter Dinge wieder kehrtmachten. Rasch schlüpfte er unter seinem Laken hervor und beobachtete, wie sie sich mit dem wachhabenden Polizisten unterhielten, der ihnen offenbar einen Weg erklärte und dabei nach rechts zeigte. Als der Ford Falcon kurz darauf den Hof in Richtung Calle Junín verließ, zog Fuseli rasch sein Jackett über und sah auf die Uhr. Er wartete etwa eine Minute ab – so lange würden die beiden bis zur Verwaltung brauchen –, bevor er nach dem Polizisten rief.

»Chaparro!«

»Ja, Doktor.«

»Kann ich Sie kurz sprechen?«

»Doktor, gerade haben zwei Männer nach Ihnen gefragt.«

»Ja, ich habe sie schon erwartet. Wissen Sie, wo sie hingegangen sein könnten?«

»Die beiden haben Sie hier nirgends gefunden, da dachte ich, Sie wären vielleicht drüben, in Zimmer 760.«

»Tun Sie mir den Gefallen und sagen Sie den beiden Bescheid, dass ich unten im OP bin? Danke.«

Als der Wachmann außer Sichtweite war, holte Fuseli seine Tasche hervor und eilte davon. Er winkte ein Taxi heran.

»Zum Bahnhof Retiro«, bat er den Fahrer und bemühte sich, gelassen zu wirken.

An der Ecke sah er Chaparro mit den beiden Männern zum Leichenschauhaus zurückkehren.

Nur wenige Blocks entfernt nahm Lascano wieder hinter dem Steuer Platz. Er blickte zu Eva hinüber, sie wirkte äußerlich sehr gefasst, aber er spürte ihre Nervosität, in ihr brodelte es wie in den Tiefen des Vulkans Krakatau, fünf Minuten vor dem Ausbruch. Der Comisario holte tief Luft, dann fädelte er sich in die Blechlawine ein, die sich durch die Calle Tucumán quälte. Vor dem Bankgebäude hielt Lascano an, holte einen Schlüssel aus seiner Hosentasche und drückte ihn Eva in die Hand.

»Was soll ich damit?«

»Das ist der Schlüssel zu einem Schließfach. Frag nach Graciela, sag ihr, dass du meine Cousine bist und etwas abholen sollst. Bring alles mit, es ist die Kohle von Tony Ventura.«

Sie sah ihn fest an, gab ihm einen langen Kuss und stieg wortlos aus. Lascano beobachtete, wie sie die Bank betrat und auf den Schalter zuging. Er griff nach seinen Zigaretten und zündete sich eine an. Plötzlich blieb sein Blick auf der Tankanzeige haften. Verflucht! Offenbar hatten sie ihm in der Werkstatt alles Benzin abgepumpt. Er schnaubte ärgerlich. Wenn er nicht an der nächsten Kreuzung stehenbleiben wollte, musste er wohl oder übel noch tanken.

Unterdessen stellte sich Eva lächelnd der Bankangestellten vor. Es lief alles nach Plan: Graciela trat hinter dem Schalter hervor und bat Eva, ihr die Treppe hinunter in das Kellergeschoss zu folgen.

Aufreizend lässig spazierte ein Verkehrspolizist auf Lascanos Wagen zu und wedelte wichtigtuerisch mit einem Strafzettel. El Perro kurbelte das Fenster herunter, musterte den Mann mit zusammengekniffenen Augen und zog an seiner Zigarette. Er brauchte kein Wort zu verlieren oder sich auszuweisen, sofort begriff der Beamte, dass er es mit einem Vorgesetzten zu tun hatte, besser keine Fragen stellte und noch besser auf der Stelle verschwand. Im Rückspiegel sah Lascano, wie er sich eiligen Schrittes entfernte.

Plötzlich kam ein Ford Falcon mit rasender Geschwindigkeit um die Ecke gebogen. Instinktiv griff der Kommissar nach seiner Waffe, das Herz schlug ihm bis zum Hals. Im nächsten Augenblick stellte sich der Falcon quer vor seinen Wagen, zwei Männer sprangen auf die Straße und zögerten nicht eine Sekunde, bevor sie die ersten Schüsse abfeuerten. Blitzschnell öffnete Lascano die Fahrertür, warf sich auf den Asphalt und zog seine Pistole. Panisch liefen die Menschen auf dem Bürgersteig auseinander. Der Comisario rappelte sich sofort wieder auf die Beine, zielte auf den Kopf eines seiner Angreifer und drückte ab. Die Wucht der Kugel wirbelte den Mann herum, Lascano gab noch zwei weitere Schüsse ab, der Kerl prallte gegen den Kofferraum des Falcon und fiel in sich zusammen wie ein Kartoffelsack. Als El Perro den zweiten Mann ins Visier nehmen wollte, spürte er plötzlich einen heftigen Schlag gegen die Brust, der ihn hinter der offenen Tür seines Wagens zu Boden riss. Sein Widersacher verlor ihn dadurch kurz aus den Augen, machte zwei Schritte zur Seite, den Finger am Abzug. Doch ehe er Lascano endgültig erledigen konnte, traf ihn selbst eine Kugel in die Stirn.

Und plötzlich herrschte Stille.

Keuchend lag Lascano auf dem Rücken, während sein Hemd sich mit Blut tränkte und sein Blick sich trübte. Wie in Zeitlupe sackte er zur Seite und entdeckte nur wenige Zentimeter entfernt den qualmenden Stummel der Zigarette, die er eben noch geraucht hatte. Langsam streckte er seinen Arm aus, nahm die Kippe, führte sie zum Mund und atmete tief ein. Dann wurde es Nacht um ihn.

Verdammt, tut das weh.

Eine neugierige Menschentraube hatte sich um die drei am Boden liegenden Männer versammelt, als Eva aus der Bank trat. Wie erstarrt blieb sie am Eingang des Gebäudes stehen und umklammerte ihre Handtasche. Der Schutzmann, der Lascano eben noch mit einem Strafzettel gedroht hatte, rannte herbei, kniete sich neben dem Comisario nieder, legte ihm zwei Finger an den Hals, um seinen Pulsschlag zu fühlen, und machte ein niedergeschlagenes Gesicht. Ein Streifenwagen kam mit quietschenden Reifen neben ihm zum Stehen. Zwei Polizisten stiegen aus, besahen sich die auf dem Pflaster liegenden Körper, als wären es irgendwelche lästigen Gegenstände, und scheuchten die Gaffer fort.

Inzwischen waren auch die Bankangestellten auf die Straße geeilt, unter ihnen Graciela. Entsetzt blickte sie auf Lascano, sie schien ihn wiederzuerkennen, dann sah sie zu Eva hinüber. In derselben Sekunde begriff Eva, dass sie sofort verschwinden musste. Wie benommen ging sie bis zur nächsten Straßenecke, hielt dort ein Taxi an, stieg mit zitternden Knien ein und nannte dem Fahrer den erstbesten Ort, der ihr in den Sinn kam: El Rosedal, den Rosengarten.

Reglos starrte Eva auf das Denkmal für den Präsidenten Sarmiento und erinnerte sich an die beiden ersten Verse ihrer Schulhymne. Leise sang sie den Text wie ein Klagelied vor sich hin: Der Kampf war dein Leben und dein Element, die Erschöpfung dein Jungbrunnen und dein Seelenfrieden. Sie wiederholte die Verse wie ein Mantra. Stundenlang saß sie wie hypnotisiert auf der Bank, bemerkte nicht, wie die Kälte allmählich in ihr hochkroch, bemerkte nicht die engumschlungenen Pärchen, die vorbeischlenderten, die Enten, die auf dem See schwammen, den von Glyzinien umrankten Laubengang, die Schulschwänzer, die ihre Bücher und ihre Uniform unter ihren Mänteln versteckten, den schlechtgelaunten, einarmigen Parkwächter und auch nicht die Tollkühnen, die in blechernen Tretbooten für zwanzig Pesos die Stunde auf dem Wasser schipperten.

Erst als die Sonne bereits lange Schatten warf und in Richtung der Pferderennbahn zu sinken begann, erhob Eva sich und ging los. Langsam zunächst, dann immer schneller. Am prächtigen Schlachtross des Denkmals für Urquiza und am Planetarium rannte sie fast schon vorbei, bis sie die Eisenbahnbrücken erreichte. Sie lief um die ganze Landebahn des Aeroparque herum und gelangte schließlich an die Costanera, ohne den Fluss, der sich dunkel verfärbt hatte, eines Blicks zu würdigen. Endlich war sie am Terminal. Dort kaufte sie sich ein Ticket für den nächsten Flug nach Resistencia.

30

Geschäftig ordnete der Praktikant die Unterlagen, die Doktor Marraco unterzeichnet hatte, und begann sie in die Regale auf dem Korridor zu räumen, damit sie den Anwälten zur Verfügung standen.

Der Untersuchungsrichter beendete gerade ein Telefongespräch: »Ja … kein Problem … Einverstanden … Machen Sie sich keine Sorgen … Die Gelegenheit wird sich ergeben … Gut … gut … Wann immer Sie wollen … Ausgezeichnet … Das besprechen wir beizeiten … Es war mir ein Vergnügen … Gleichfalls.« Kaum hatte er aufgelegt, wandte er sich an seinen Gehilfen. »Hör mal, Junge.«

»Ja, Doktor?«

»Du musst jemandem diesen Umschlag bringen. Hier hast du die Adresse. Beeil dich, es ist wirklich dringend.«

»Und die Akten?«

»Sag Marcos, er soll für dich weitermachen … Los, beeil dich.«

»Ja, Doktor.«

Schon seit einer Weile war Giribaldi damit beschäftigt, den Kamin anzuzünden. Als junger Mann hatte er in den Camps eine geniale Technik entwickelt, mit deren Hilfe es gelang, auch unter den widrigsten Umständen ein Feuer zu entfachen. Seine Kameraden an der Militärschule waren irgendwann dazu übergegangen, ihn den »Meister der Flammen« zu nennen. An seiner ausgefeilten Methode hatte Giri bis heute nichts geändert; selbst wenn er bei sich zu Hause das Feuer im sicheren Kaminofen entzündete, ging er so vor, als wäre es tiefster Winter in Zapala bei vierzig Kilometern Windgeschwindigkeit. Es machte ihm Spaß, Zeitungspapier zusammenzurollen und es an den Enden zu einem Ring zusammenzustecken. Sobald er mehrere Ringe gebastelt hatte, türmte er sie zu einer Pyramide, um die herum er Holzspäne schüttete. Dann schichtete er die Holzscheite über der Papierpyramide auf: erst die dünneren, dann die dickeren. Stolz betrachtete er das lodernde Ergebnis und legte abschließend ein massives Stück Quebrachoholz in das knisternde Feuer, über das die Flammen mit Appetit herfielen.

Das Knacken des Holzes war für den Major eine Musik, die ihn einlullte, wie hypnotisiert war er vom Tanz der Feuerzungen. Auf ihrem geblümten Sessel wiegte Maisabé das Kind mit jenem seligen Lächeln, das ihr nicht mehr aus dem Gesicht wich, seit Pater Roberto sie gesegnet hatte. In der Küche wurden die Ravioli, die noch vom Sonntag übrig waren, langsam warm in ihrem Wasserbad. Es klingelte. Giribaldi stand auf und ging zur Tür. Maisabé hörte, wie er kurz mit jemandem sprach. Dann war er wieder da.

»Wer ist das gewesen?«

»Jemand hat etwas bei mir abgeliefert. Nichts von Bedeutung.«

Der Major riss den Umschlag auf. Darin fand er das Foto des toten Biterman, die Berichte der Rechtsmedizin, der Ballistik, des Labors und ein langes, von Lascano unterzeichnetes Schreiben, in dem er die Schritte und Ergebnisse seiner Ermittlungen darlegte. Giribaldi bedauerte es fast, dass dieser Mann, der so ein brillanter Ermittler war, nicht auf der Seite der Gerechten stand. Nun ja, oft waren es gerade die brillanten Geister, die am leichtesten vom rechten Weg abkamen. Wer zu viel dachte, saß am Ende oft genug in der

Scheiße. Der Major löste jedes Blatt einzeln aus der Akte, legte eines nach dem anderen mit Bedacht auf die glühenden Holzscheite und betrachtete fasziniert das Schauspiel. Erst wurde das weiße Papier braun, und dann, sobald es zweihundertzweiunddreißig Grad erreicht hatte, fing es mit einem leisen Knall Feuer. Die Flammen verschlangen es, bis es seine Substanz, seine Essenz verändert hatte und schwarz geworden war, aber selbst noch auf dieser dunklen Masse ließ sich die Schrift lesen. Die Hitze wellte es, bis die Materie, die all diese Worte zusammenhielt, sich verflüchtigte, in Tausende von Partikeln zerfiel; einige stiegen auf und verschwanden. Der Rest verband sich mit der verbrannten Masse, dort, wo alles gleichförmig war, wo nichts lebte, genau dort, wo die Wörter starben, wo nur die Asche blieb, tot, steril, stumm, einzige Spuren des Geschehenen, eine Ode an die Reinheit – aufs Neue weiß, wenngleich anders: weiß wie das Nichts.

Eva spürte in den Ohren, wie die Türen des Flugzeugs sich schlossen. Durchs Fenster sah sie, wie der Bus, der die Passagiere zur Gangway gebracht hatte, zurück zum Terminal fuhr. Die Männer vom Bodenpersonal entfernten sich plaudernd von der Maschine, der Einweiser lotste das Flugzeug aus seiner Parkposition. Sie fühlte sich seltsam. Immer schon hatte sie Angst vorm Fliegen gehabt, aber jetzt, als das Flugzeug die Startbahn erreichte, spürte sie nichts, auch keine Furcht. Sie sah die hohen Tipubäume der Costanera und die Autos der nach Hause strebenden Büromenschen an sich vorbeiziehen, sie fühlte sich leer, aber sie hatte keine Angst. In diesem Moment war ihr gleichgültig, ob das Flugzeug abstürzte und sie zusammen mit all den Fremden um sich herum würde sterben müssen.

Zur gleichen Zeit saß Marcelo, der Laufbursche aus dem Gericht, nicht weit vom Flughafen entfernt in seinem Zimmer im Hause seiner Eltern. Die Regalbretter bogen sich unter dem Gewicht der Bücher, die er sich würde einverleiben müssen, um eines Tages Anwalt zu werden. Auf seinem Schoß lagen lauter Kopien, die er aus eigener Tasche bezahlt hatte. Er nahm ein Blatt und begann zu lesen. *Von: Comisario Venancio Ismael Lascano. An: Doktor Humberto Marraco, Richter. Elías Biterman, Mordfall …*

Der Pilot hatte eben mitgeteilt, dass sie nun starten durften. Eva saß fast unnatürlich ruhig an ihrem Platz, wie eine Verurteilte, die sich mit ihrer Hinrichtung abgefunden hatte und nur noch wollte, dass es bald vorüber wäre. Alles war ihr egal, sie verstand nicht, wieso sie in diesem Flugzeug saß. Da passierte es. In dem Moment, in dem die Maschine Anlauf nahm, spürte sie es, wie ein Flügelschlagen, wie eine Blase, die in ihrem Bauch aufstieg. Es war ihr Kind, das sie mit seiner ersten spürbaren Bewegung daran erinnerte, warum sie in diesem Flugzeug saß und dem Schrecken entfloh. Sie legte die Hände auf ihren Bauch, dort, wo man den Schwindel der Geschwindigkeit spürte, dort, wo der Samen heranwuchs. In diesem Augenblick spürte sie wieder diese wunderbare Angst, die ihr sagte, dass sie lebte, dass sie den besten Grund hatte, um auf dieser Welt zu bleiben.

Zwei Reihen hinter ihr legte Doktor Fuseli, als amerikanischer Tourist verkleidet, seinen Sicherheitsgurt an.

Marcelo hatte Lascanos Bericht zu Ende gelesen. Mit der Gewissenhaftigkeit eines strebsamen Studenten hatte er die Beweise, die Dokumente, die Fakten studiert. Diese Unterlagen würden ihm eines Tages noch nützlich sein, dachte er und ordnete sie in seinem Regal zwischen zwei Bücher ein. Eines war ein Geschenk seines Vaters zur bestandenen Aufnahmeprüfung gewesen, von einem gewissen Kelsen; es hieß *Was ist Gerechtigkeit?* Das andere war ein Erzählband: *Universalgeschichte der Niedertracht* von Jorge Luis Borges.

Als das Flugzeug durch die Wolken stieß, die ihren Schatten über diese Erde warfen, und sich dem Sternenhimmel entgegenschwang, begann alles, was geschehen war, Vergangenheit zu werden. Die Gegenwart war diese Bewegung in ihr, das Kind, das in ihrem Bauch heranwuchs. Und dass sie sich mit einer Geschwindigkeit von tausend Stundenkilometern von all dem Grauen und der Bösartigkeit der Menschen fortbewegte. Sie dachte, fühlte, dass sie die Zukunft in sich barg, dass sie um dieser Zukunft willen gesunden, wieder zu Kräften kommen und sich den Glauben bewahren musste, dass eine bessere Welt möglich war.

Vorerst wollte sie nicht wissen, dass die Zukunft ein Ort war, der nur in der Phantasie existierte.

ERNESTO MALLO
Der barfüßige Polizist von der Calle San Martín
Roman
Aus dem argentinischen Spanisch
von Matthias Strobel
237 Seiten. Gebunden
ISBN 978-3-351-03325-5

»Ein großartiger Krimi.« LE MONDE

Buenos Aires, Anfang der 1980er Jahre. Die Diktatur ist vorbei, alles boomt: Banken, Geschäfte, Korruption. Eduardo Miranda, genannt »El Topo«, ein Gangster alter Schule, dreht ein letztes Ding, bevor er sich zur Ruhe setzen will. Doch der Coup geht schief, Miranda befindet sich mit einer Millionenbeute auf der Flucht. Comisario Lascano soll den Bankräuber zur Strecke bringen, dabei hat er mehr mit dem Ehrenkodex des alten Topo gemein als mit seinen Auftraggebern. Dennoch nimmt er die Suche auf, denn er hofft, mit dem Lohn dafür Eva zu finden – die Frau, die er einmal geliebt hat. Verdichtet in einer packenden Kriminalgeschichte erzählt Ernesto Mallo von Verletztheit, Aufbruch und Gewalt.

Mehr Informationen erhalten Sie unter www.aufbau-verlag.de oder in Ihrer Buchhandlung

aufbau

OTTAR MARTIN NORÐFJÖRÐ
Das Sonnenkreuz
Thriller
Aus dem Isländischen
von Richard Kölbl
368 Seiten
ISBN 978-3-8412-0343-4
Auch als ebook erhältlich

Tod im Zeichen Odins

Reykjavík zur Frühjahrs-Tagundnachtgleiche 2007: Die Doktorandin Embla wird von der Kripo ins Haus ihres Professors gerufen. Der Archäologe ist verschwunden, und alle Spuren deuten auf ein Blutbad hin. Ein Opfer für Odin, den obersten heidnischen Gott? Embla befürchtet, dass noch am selben Tag auf isländischem Boden das spektakulärste Opfer einer Reihe von Ritualmorden geschieht, um einen alten Wikingerbund aufleben zu lassen – den Sonnenkreuzorden. Eine fieberhafte Suche beginnt.

»Ein echter Thriller! Hochspannung über die gesamte Strecke.« RÁS 2

Mehr Informationen erhalten Sie unter www.aufbau-verlag.de
oder in Ihrer Buchhandlung

atb aufbau taschenbuch

TAAVI SOININVAARA
Schwarz
Leo Kara ermittelt
Aus dem Finnischen
von Peter Uhlmann
445 Seiten
ISBN 978-3-7466-2744-1
Auch als E-Book erhältlich

Der Auftakt der großen Mundus-Novus-Serie

Wo immer Leo Kara aufkreuzt, bringt er laufende Ermittlungen durcheinander und macht sich Feinde – nicht zuletzt bei der finnischen Kriminalpolizei und ihrem Chef. Nur in Kati Soisalo, früher Chefjuristin einer finnischen Rüstungsfirma, findet er eine Verbündete. Als bei einem Raketenanschlag auf das UN-Hauptquartier in Nairobi unzählige Menschen ums Leben kommen, ermittelt Kara gemeinsam mit Kati. Da wird der UN ein Ultimatum gestellt: IWF und Weltbank sollen die Schulden der 50 ärmsten Länder erlassen und ihnen neue Kredite gewähren, sonst folgen weitere Anschläge …

»Taavi Soininvaara ist der Meister des finnischen Krimis. Seine Romane sind spannend und glaubwürdig.« SÜDDEUTSCHE ZEITUNG

Mehr Informationen erhalten Sie unter www.aufbau-verlag.de oder in Ihrer Buchhandlung

atb aufbau taschenbuch